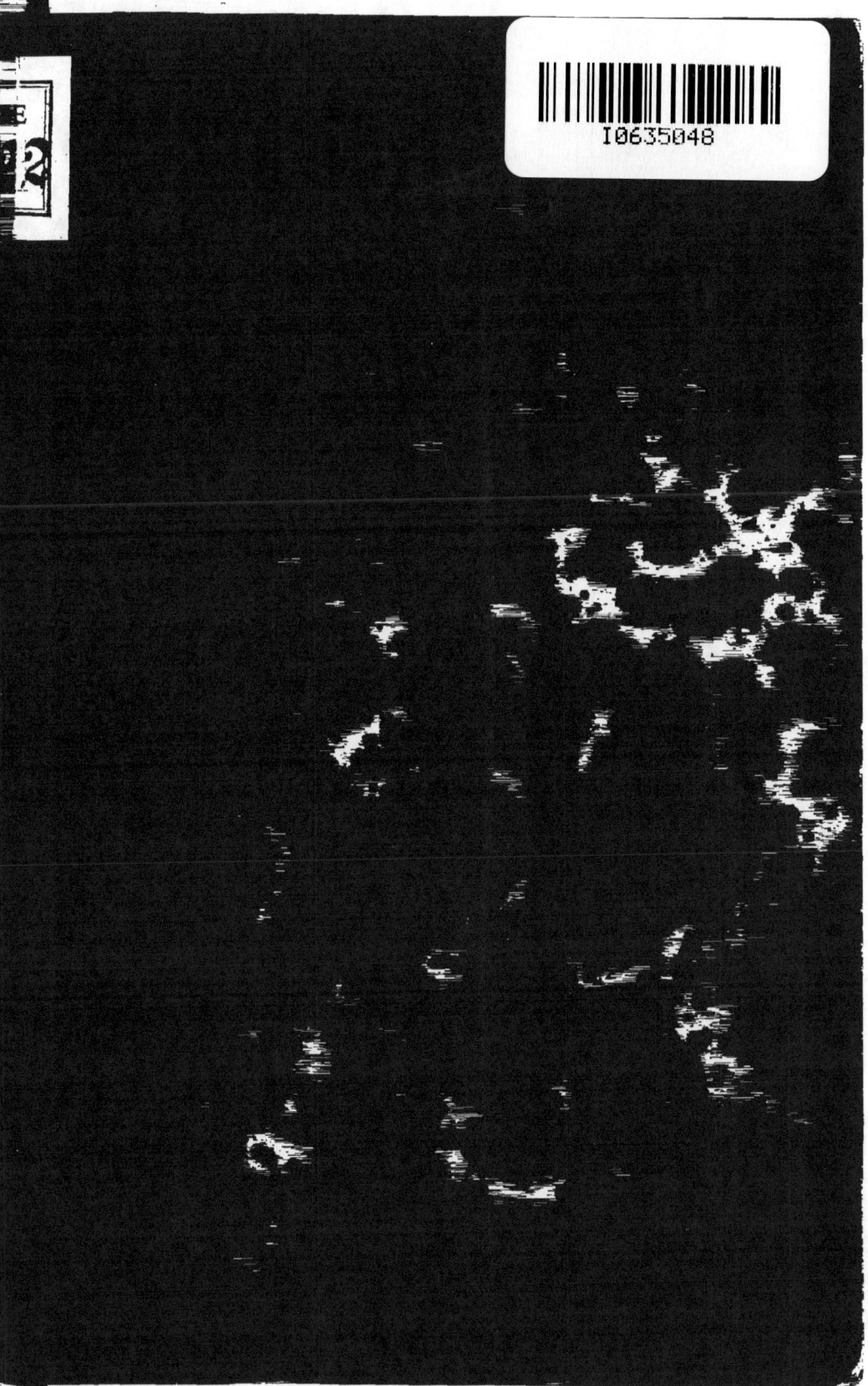

Y

UNE

VOIX DE L'AME,

POÉSIES NOUVELLES.

UNE

VOIX DE L'AME,

POÉSIES NOUVELLES,

Par Louis PÉLABON, de Toulon,

Ouvrier voilier ;

PRÉCÉDÉES D'UNE NOTICE.

. . . Sed implemini spiritu sancto , loquentes
Vobismet-ipsis in psalmis et hymnis,
Et canticis spiritualibus

(*St -Paul aux Éphés. chap.* 5, *verset* 18.)

TOULON,

IMPRIMERIE DE F. MONGE,

Rue de la Miséricorde, 6.

1846.

NOTICE.

———

Voici quelques nouvelles productions poéti-
ques sorties d'une plume prolétaire. Les premiers essais du même auteur, mis au jour en
1842, sous le titre de *Chant de l'Ouvrier*,

avaient donné déjà une idée du talent de *l'ouvrier voilier* dans le maniement du vers fran-
çais et du vers provençal. Le poète et sa ma-
nière étant ainsi déjà jugés, nous n'aurons
que peu de choses à dire sur les nouvelles
fleurs que ce petit livre fait éclore. Dans ces
poésies légères et fugitives, c'est le cœur qui
est tout, l'art n'y est pour rien. L'art est le
fruit de l'étude et de l'instruction, et l'une et
l'autre ont complètement manqué à Pélabon.
Un autre poète toulonnais, sorti des mêmes
rangs de la société, a déjà rendu célèbre son
nom par un beau et grand talent; ses nobles,
brillantes et riches poésies ont donné à Charles Poncy une renommée dont le retentisse-
ment est entendu d'un bout de la France à
l'autre. Dans les mêmes conditions sociales
que lui, Louis Pélabon n'a, comme lui aussi,

reçu de l'instruction élémentaire que tout juste ce qu'il en faut pour ne pas rester aveugle et muet devant un livre. A peine s'il a appris à écrire. A écrire! cette expression, est, peut-être même, ambitieuse, appliquée à notre Pélabon, si par là on entend une connaissance plus ou moins profonde des exigences de la grammaire; et, à cet égard, notre versificateur ne balance pas à faire l'aveu de sa faiblesse, et du besoin qu'il a des lumières d'autrui. A cela près, harmonie du vers, rhythme, mesure, style tout appartient à notre auteur; lui seul en revendique le mérite, si on en trouve quelque peu dans ses œuvres, comme il accepte l'entière responsabilité des fautes qu'on peut y reprendre. Chez lui l'instinct poétique a remplacé ce qui manque du côté de l'instruction, et c'est cet instrument qui fait jaillir d'un cerveau inculte telles pièces que recommandent autant le choix du sujet que la noblesse de la pensée et la pureté du goût.

Dans un aperçu en trois simples pages, plus substantielles en idées justes et vraies que bien de longs mémoires, par lequel il faisait précéder dans l'un des bulletins trimestriels de la société des sciences, belles lettres et arts de Toulon, l'insertion des premières pièces de vers offertes par Charles Poncy à cette société, M. A. Pellicot, appréciant avec une parfaite intelligence du fait la cause de la tendance qu'a aujourd'hui la poésie à se manifester dans les classes inférieures, avançait que, d'une part, l'ardeur pour les hautes études, et, d'autre part, l'avidité, l'ambition, l'ensemble des passions devenues le fleau de la vie, domi-

nant impérieusement et exclusivement dans les classes élevées, l'âme ne peut y être accessible à ce qui ne vit que des illusions du cœur; mais ajoute-t-il : « Si cette douce émanation
« de la sensibilité quitte les cœurs sensibles
» si cette mère des illusions ravissantes et des
» rêveries suaves délaisse les égoïstes positifs
» et ceux qui ne rêvent que l'or ou la puis-
» sance, ou de chimériques honneurs, elle
» viendra trouver Reboul le boulanger, le
» menuisier Durand, les perruquiers Thiebaut
» et Jasmin; elle viendra trouver le tisserand
» Magu et le maçon de Toulon; elle viendra
» trouver celui qui, tandis que son corps flé-
» chit sous le faix du labeur, peut lui offrir
» néanmoins un esprit dégagé de cupides idées
» et où elle pourra commander sans rivaux.»
La vocation poétique de Louis Pélabon est

encore un corollaire à cette théorie qu'expose si lucidement M. Pellicot. Notre ouvrier voilier, tout en tirant l'aiguille qui ajuste les aîles de nos vaisseaux de guerre, abandonne son âme à l'instinct poétique que la nature y a déposé, et l'esprit délasse le corps d'un travail monotone, dont il sait raccourcir magiquement la durée.

Profondément imbu des principes religieux, c'est, et on doit l'en féliciter, dans les beautés du catholicisme que le génie de Pélabon va chercher d'heureuses inspirations, et c'est alors surtout que cet instinct dont nous parlons fait naître des vers recommandables par la justesse des images et souvent par un heureux choix d'expressions.

Avant de terminer cette courte notice, disons un mot de la pièce qui finit le volume. L'auteur demande à MM. Bondilh et Lacroix d'être compté parmi les ouvriers poétes, par amour pour son atelier. Les plus beaux sentiments, le desir noble et sincère d'illustrer son état, lui ont inspiré ces vers. Là, parmi les vulgaires objets de son état, viennent s'entrelacer les plus grands noms de l'Italie et ceux des plus illustres littérateurs de la France ; l'épée même de Godefroy a su y trouver place. A juste titre nous pouvons appeler ce morceau la couture illustrée du poéte voiler. L'auteur ne pouvait mieux la dédier qu'à ses amis. Voiliers, vous accueillerez avec sympathie l'hommage de votre ami, et les témoignages d'affection que vous lui accorderez, seront sa plus douce récompense.

PRÉFACE.

Tu ne porteras pas, cher lecteur, je l'espère,
Sur mon livre imparfait un jugement sévère.
Les chants religieux d'un pauvre travailleur,
sont un titre touchant qui s'adresse à ton cœur;

C'est l'heureux passeport et l'arme défensive

Qui doivent protéger l'âme toute craintive

D'un auteur qui se livre à la publicité,

Exempt et de renom et de célébrité;

Car, s'il faut établir un juste parallèle,

C'est un nouveau martyr qu'en secret on flagelle,

Ou bien, sans ressentir l'énormité du poids,

C'est un autre Jésus qui promène sa croix.

Tandis qu'il s'est livré lui-même en sacrifice,

Il ne doit point douter de son amer calice ;

Mais, moi qui compte ici sur des cœurs indulgents,

Aurai-je à supporter des revers affligeants?

Aurai-je à redouter la satire mordante

Qui tient comme un serpent dans sa gueule béante

Le venin littéraire, et de qui l'aiguillon

Ne cherche qu'à blesser les enfants d'Apollon.

De ces injustes coups, pour lui demander grâce,

J'ai placé sous ses yeux cette courte préface,

Afin que le poète, en citant ses revers,

Trouve de nobles cœurs pour accueillir ses vers...
Mais, puisque le destin m'a lancé sur l'arène
Où du gladiateur la chance est incertaine,
Calme je m'y tiendrai, sans chercher à lutter
Avec l'athlète altier qui viendrait m'attaquer.
A combattre avec lui s'il défiait ma muse,
Bientôt de son refus surgirait cette excuse :
Ce n'est pas que je manque et de force et de cœur,
C'est qu'une triste gloire est le prix du vainqueur

DÉDICACE.

———

Quand ma profane main vient t'offrir mon ouvrage,
Daigneras-tu, Seigneur, en accepter l'hommage?
Toi qui, pour achever ce pénible labeur,
As donné le courage et la force à mon cœur,

XVIII.

Toi qui, du haut des cieux protégeant mon génie,
Fis descendre sur lui des rayons d'harmonie
Qui comblèrent mes chants et pour tout dire enfin,
Qui firent de mon luth, un luth de Séraphin.
Etai-je digne, moi, de chanter tes louanges?
Tandis que dans l'Éther des milliers de voix d'anges
Éternisent ton nom et célèbrent en chœur
Ton trône universel, ton immense grandeur.
Oh! puisque tu daignas, malgré mon ignorance,
Prêter à mon ardeur ta divine influence;
Quand tu sais m'inspirer de semblables écrits,
De ma reconnaissance accueille alors le prix;
C'est tout ce que je puis t'offrir de grand, de digne;
Où trouverai-je ailleurs un présent plus insigne;
Il n'en existe point, et la raison pourquoi?
C'est que, dans l'univers, Seigneur tout est à toi!

STANCES A M. J. T. FUNEL,

Auteur d'un recueil de poésies intitulé : *Une Voix du Peuple.*

Tu chantes le progrès, mon cœur t'en félicite,
Moins noble que ton luth, ma muse cénobite
    Remplit aussi sa mission ;
Tu prédis l'avenir de bonheur à tes frères,
    Quand je célèbre de nos pères
    La sublime religion.

Non moins que ton devoir ma mission est grande,
Des merveilles du Christ quand tu lis la légende,
Dis-moi, n'est-ce pas celui-là
Qui, renversant un jour les vils tyrans de Rome
De son bras divin vengea l'homme
Des Néron, des Caligula?

Ces monstres dont les noms pèsent à la mémoire;
Qui pourrait, sans frémir lire l'ignoble histoire
De ce tigre si redouté;
Néron, qui fit ouvrir, dans sa froide colère,
Les flancs d'Agrippine sa mère!
Par caprice et par cruauté.

Quand l'inhumanité, cette déesse immonde,
Voluptueusement régnait sur tout un monde
Propageant sa foi d'Antechrist,
Qui sut nous affranchir du cruel despotisme
Qu'on nommait alors Paganisme?
Tu le sais bien, c'est Jésus-Christ!

C'est ce fils du Très-Haut, ce précieux Messie
Qu'avait longtemps promis la sainte prophétie ;
 C'est ce puissant roi d'Israël,
Qui, plein d'amour pour nous, voulut en sacrifice
 Souffrir un ignoble supplice,
 Mourir ! pour nous rendre immortel.

Accablé sous le poids de toute servitude,
Le peuple, de souffrir avait pris l'habitude ;
 L'égoïsme avait tout dompté ;
Mais l'homme-dieu parut, et sa voix souveraine
 Cria : Pauvre, brise ta chaîne,
 Je t'apporte la liberté !

Quand je chante l'auteur de la *bonne nouvelle*,
N'est-ce pas le progrès que ta voix solennelle
 Célèbre en vers harmonieux,
N'est-ce pas cette loi si douce, si parfaite,
 Riche comme un beau jour de fête
 Pure comme l'azur des cieux ?

Quel blasphème odieux m'épouvante et m'assomme
Lorsque j'entends ces mots : le Christ n'était qu'un
[homme !
Quelle insulte faite au Seigneur
Un semblable juron, lancé d'un air farouche,
Devrait, en sortant de la bouche,
Du scorbut répandre l'humeur.

Funel, je ne crois pas que les sons de ta lyre,
Jusqu'à ce vil degré puissent un jour médire;
Si ton chant n'est pas pour l'autel,
Il ne vantera pas non plus la vaine idole
Qu'on adorait au capitole
Avec un amour sensuel.

Puisque le ciel t'a fait sensible à nos misères,
Chante, chante toujours le malheur de tes frères;
Ne suis-je pas ton frère aussi?
J'ai besoin que ta voix allége ma souffrance,
Et qu'un doux rayon d'espérance
Luise sur mon front obscurci.

RÉPONSE A M. PÉLABON.

———◦◦◦———

Ami, merci trois fois à ta muse facile;
Je vois, avec plaisir, qu'elle est toujours docile
    A tes vœux, Pélabon!
Je voudrais en ce jour, par ma reconnaissance,
Pouvoir joindre un rayon à la magnificence
    Qui couronne ton nom.

Oui, chante le progrès qu'enseigne l'évangile,
Tu sais que ton chemin est long et difficile
    A franchir... à monter...
Mais qu'importe à ton cœur les ronces et le blâme,
N'as-tu pas en ton sein cette brûlante flamme
    Qui nous force à chanter?

Suivant de l'homme-dieu les sublimes vestiges,
Prédis, de l'avenir, les bienfaisants prodiges
    Que promit le Sauveur,
Et puis chante l'amour, cette vierge bénie *,
Cet ange descendu de la voûte infinie
    Pour créer le bonheur.

Comme le Christ marchait au sommet du calvaire,
Poursuis ton noble but, marche dans la carrière
    Que traça l'homme fort;

* L'amour fraternel.

Ne cherche point à voir le fruit de ta parole,
Ni si ton front sera paré d'une auréole
　　Pour prix de ton effort.

A des rimeurs sans foi laisse le badinage
De chanter à leur gré la verdure, l'ombrage,
　　Le caprice des eaux...
Car que fait à nos cœurs une douce harmonie
Quand nous manquons de pain, quand nous per-
　　　　　　　　[dons la vie,
　　Que fait-elle à nos maux ?

C'est là le saint progrès que ma muse naissante
Se plait à célébrer en ce temps de tourmente;
　　Lui seul est mon timon.
Oh ! frère, répandons la céleste sémence
Qui pourra déliver notre mère, la France,
　　Des serres du Démon !..

2

Sans observer le vent qui souffle dans ta voile,
Avec ardeur poursuis la lumineuse étoile
Qui trace ton destin,
Et, comme en Orient les Mages de l'histoire,
Ami tu trouveras la palme de la gloire
Au bout de ton chemin.

Toussaint FUNEL (Plébéïen).

Toulon, le 4 octobre 1844.

LA VOCATION DU POETE.

Poète, a dit le ciel, ta mission est sainte,
Chante, élève ta voix, prophètise sans crainte,
Tandis que le destin, aux pieds de ton berceau,
Voulut, de son caprice, envoyer une lyre,
Que tu dus accepter, si j'ose ici le dire,
  Comme un bien précieux cadeau!

Le Christ, voulant un jour propager ses maximes,
N'alla point s'adresser à des bouches sublimes;
Douze pauvres pêcheurs accomplirent son choix :
Une foi vive et sainte animant leur courage,
L'homme-dieu vit bientôt triompher son ouvrage;
    Partout on vit briller la croix!

Plus pauvre que Simon, ignorant, inhabile,
Quoi, ma tâche est aussi de prêcher l'évangile?
Et je vieillis pourtant dans cette oisiveté,
Dont l'oubli d'un devoir vient interroger l'âme,
Et lui donne aussitôt le nom, le titre infâme
    D'apôtre de la volupté.

Seigneur, ce doux regard que tu jetas sur Pierre
Fut un gage d'amour et de bonté dernière,
Ce signe qui hâta le retour d'un pêcheur,
Qui mit le repentir sur le front de l'apôtre;
Ah! qu'il le mette aussi, poète, sur le vôtre,
    Et vous goûterez le bonheur.

Que de vous entonner mon cœur se rassasie
Beaux psaumes de David, sublime poésie ;
Quel chant est comparable à ces hymnes du soir,
Quand d'une sainte odeur l'église est parfumée,
Quand tout s'envole au ciel à travers la fumée
Qui s'exhale de l'encensoir !

Le cantique n'est point comme ces chants profanes
Qui vantent les attraits des jeunes courtisanes ;
C'est l'hommage qu'on doit à la divinité ;
C'est le premier tribut, c'est la plus juste dîme,
Qui renferme en son sein l'assemblage sublime :
Espérance, foi, charité.

Espérance du ciel, mot radieux que j'aime,
Lui seul, à mon esprit, présente un grand poème ;
Lui seul a le secret d'encourager ma voix ;
Pour le psalmodier qu'un généreux délire
Vienne donner le ton aux cordes de ma lyre,
Afin que j'y pose mes doigts.

Foi d'un Dieu rédempteur, vérité catholique,
Écho du Golgotha, merveilleuse chronique
Que l'église a puisée aux annales des cieux,
Que la voix de Sion, éloquent interprète,
Voulut communiquer à l'âme du poète,
    En arguments mystérieux.

Charité, don du ciel, opulence de l'âme,
Feu divin et sacré dont un grand cœur s'enflamme,
Vertu que possédait l'admirable Vincent!
De son ardent amour la preuve fut certaine,
Lorsqu'il prit d'un forçat le bonnet et la chaîne,
    Avec un cœur tout innocent.

Chrétiens, de ces trois mots formez votre devise,
Qu'un indigne soupçon jamais ne les divise;
Comme une trinité Dieu voulut les unir.
Jeunes appliquez-vous d'abord à les apprendre;
Quand votre intelligence aura su les comprendre,
    Vous les direz dans un soupir.

MA CHAPELLE.

Laisse-moi te chanter, ma petite chapelle;
A mes regards secrets ton enceinte est si belle
Qu'elle a su me séduire, et, plein de bonne foi,
Je veux, dès à présent, t'en dire le pourquoi :
Ce n'est point, tu le sais, ta belle architecture,
Tes marbres façonnés, ta savante sculpture,

Ni ton orgue bruyant, aux sons forts, veloutés,
Aux voix de séraphin, aux doux accords flûtés;
Ce n'est point ton clocher, ton dôme, ta coupole,
Tes airs de cathédrale ou bien de métropole,
Tes décors somptueux de l'ordre Corinthien,
Que l'esprit enfanta pour le temple chrétien;
Ce ne sont pas non plus tes saints hiéroglyphes
Tracés sous tes plafonds ou gravés dans tes glyphes;
C'est moins que tout cela qui sait plaire à mon cœur,
C'est la pauvreté sainte et non cette grandeur.
Pauvre, j'aime à te voir au jour du sacrifice,
Ce jour où du Seigneur on célèbre l'office;
Quand je vois sous ta nef des sœurs de charité,
Modèles de vertu, d'amour, d'humilité;
Quand je rencontre là des filles malheureuses
Sous la protection de ces âmes pieuses;
L'enfant abandonné, des vieillards indigents
Qui reçoivent aussi des secours obligeants.
Là, le schall, les rubans, les fleurs, la marceline

Ne sauraient dédaigner le lin de l'orpheline ;
Ensemble au banquet saint ils viennent tous
[s'asseoir ;
Que ce contact divin est admirable à voir !...
Connais, après cela, ma petite chapelle,
S'il n'est rien de sublime et de grand qui m'appelle
Sous tes humbles lambris, si je dois quelque fois
Au chant d'un aumônier mêler ma faible voix ;
Reconnais mieux encor, si l'âme du poète
Ne peut être en ton sein purement satisfaite ;
Eh bien ! je dirai tout dans ce secret transport
Qui termine mon chant par ce dernier accord :
Tout monument sacré, Rome et sa basilique,
Pour mon cœur, plus que toi, n'ont rien de
[poétique.

A MADEMOISELLE E*** F***.

RELIGIEUSE CLOÎTRÉE.

Reviens de ta surprise et parcours ma missive ;
Ivre d'un beau transport, ma muse inoffensive
Se garderait beaucoup de voler jusqu'à toi
Si, pour avant-courrier, elle n'avait la foi.
Celui qui vient ici te rendre des hommages
Est un admirateur de tes charmants ouvrages,

Un partisan du Christ, au cœur bon, généreux,
Riche en affection pour tout religieux.
Bien qu'il soit enrôlé dans la classe ouvrière,
Fils d'un simple artisan et d'une pauvre mère,
Le sort voulut un jour, de son caprice altier,
Déposer une lyre à son berceau d'osier.
Puissent ses faibles sons attendrir ta grande âme;
L'indulgence est d'ailleurs une vertu de femme;
Ma muse impatiente, avide de te voir,
A, sur cette vertu, fondé tout son espoir.
C'est là, de son ardeur, le puissant véhicule;
Elle franchit, d'un trait, le seuil de ta cellule,
Et pourquoi? pour aller sans but et sans raison
Troubler, aux pieds du Christ, ta pieuse oraison.
Ton amour pour le ciel a, dans cette retraite,
Cloîtré, avec transport ton âme de poète;
Mais, tes sublimes chants, tes hymnes immortels,
Ont, dans des nobles cœurs, rencontré des autels.
La mère, avec plaisir, pour te faire revivre,

Apprend à son enfant des fragments de ton livre,

Afin que ton ouvrage, humblement récité,

Passe, de bouche en bouche, à la postérité.

Oh! la postérité, pour toi mot chimérique;

Ton cœur ne rêve point cette gloire magique;

Car aujourd'hui, sans doute, il faudrait pour te
[voir,

Chercher de ton couvent la grille du parloir;

Mais, tu ne saurais fuir aux secrètes louanges.

Le lecteur semble ouïr, des célestes phalanges,

Les mots mystérieux échappés dans les airs,

Lorsqu'il lit quelques-uns de tes sublimes vers.

Pour celui qui t'écrit, âme noble et fervente,

Daigne adresser au ciel une prière ardente;

Il n'exige de toi que ce bien généreux;

Ton privilége est grand, tu peux ce que tu veux;

Intercède pour lui, que ton crédit obtienne

Des bénédictions pour sa muse chrétienne,

Et que sa lyre, un jour, reçoive du Seigneur

Ce dictame secret qui descend jusqu'au cœur.

LE CHRIST.

Hommé irréligieux, à quoi bon ton génie,
Si tu ne t'aperçois qu'une longue insomnie,
Toute sacrifiée au plaisir du mortel,
N'est qu'une léthargie, un sommeil éternel?
Rempli d'un faux orgueil, avide de louanges,
L'encensoir que tu crois balancé par des anges,

N'est autre chose ici, pauvre prédestiné,

Qu'une sentence écrite au front d'un condamné.

O toi qu'un beau talent quelque fois sur la toile,

Au contact indécent vient déchirer le voile,

Peintre dont le pinceau, dirigé par l'horreur,

Afin de plaire aux sens assassine le cœur.

Mais, vois par un rayon de céleste lumière,

Que ton original n'est qu'un peu de poussière,

Qu'à moins de te servir des modèles divins,

Tes tableaux périront, tes efforts seront vains.

Oh! quand devant le Christ quelquefois je m'incline

Et j'admire, en priant, sa couronne d'épine,

Quel modèle éclatant se présente en ce lieu :

Tout pose à mes regards sous l'image d'un Dieu!

Armé de tes pinceaux, muni de ta palette,

Peintre, ne sois plus sourd à l'appel du poète :

Que ton génie heureux, s'assimilant au sien,

Ne forme plus alors qu'un ensemble chrétien.

Multiplie avec art cette image sublime,

Afin d'en décorer, par un choix unanime,

Et l'alcôve opulente, et le pauvre grabat,

Et le chevet d'un prince, et le lit du soldat.

Qu'il est vide le lieu, qu'elle est triste la couche

Où l'on ne voit briller ce signe qui nous touche,

Misérable chevet qui reçoit chaque soir

La tête d'un chrétien qui regarde sans voir.

S'il revenait un jour de cette léthargie

Qui lui dérobe aux yeux cette noble effigie,

Reconnaisant alors ce Dieu qui le bénit,

Le Christ présiderait au chevet de son lit;

Alors, chaque matin, plein d'un amour sincère,

En chrétien dévoué son cœur dirait : Mon père,

Ayez, ayez pitié d'un fils longtemps pécheur;

Trop tard j'ai reconnu que le Christ est sauveur!

A MA LYRE.

Eh bien ! sans murmurer remonte au ciel ma lyre,
A ce Dieu qui te fit hate-toi d'aller dire
Qu'ici bas, sans respect, des captieux humains
T'ont reproché déjà de vibrer sous mes mains;
Va, dis-lui que le chant de ton clavier trop frêle
Ne peut être goûté de la race mortelle ;

Qu'au lieu d'accords sacrés, saints et religieux,
Pour lui plaire il faudrait des sons voluptueux.
Monte vers l'Eternel (ascension sublime)
En méritant de moi la généreuse estime,
Monte, monte, les doigts d'un jeune séraphin
Feront vibrer là-haut cet instrument divin;
Et j'en écouterai la céleste harmonie,
En laissant de côté ma muse et son génie,
Afin de n'avoir plus, n'importe en quel écrit,
Le plaisir de chanter le nom de Jésus-Christ.
Et, d'ailleurs, si chétif, ignorant, faible atôme,
Quel but avais-je enfin pour endoctriner l'homme?
Etait-ce pour d'un Dieu faire chérir le nom,
Ou bien donner au mien l'estime et le renom?
Laisse à d'autres que toi cette sublime tâche,
Pauvre lyre, ici-bas, sans que cela te fâche,
Apprends donc aujourd'hui qu'il est partout encor
Des luths doux et bénis, au diapason d'or.
Puis, moi triste jouet de l'inexpérience,

Enivré par un art, séduit par la science,

Moi, qui de la sueur de mon front, chaque soir,

Pour subsister au jour j'arrose mon pain noir.

Le destin devait-il, pour charger mon martyre,

A mes doigts engourdis confier une lyre?

N'était-ce pas assez déjà, pour l'ouvrier,

Du matin jusqu'au soir, dans un vaste atelier,

Les bras tout nus, assis devant des tas de toiles,

Qui sont de nos vaisseaux neuves ou vieilles voiles,

Qui du goudron encor s'exhalant en odeur,

Ne sont point des beaux chants le doux inspirateur.

Vierge de cet orgueil, je n'ai point la manie

D'assimiler mes vers à ceux qu'un beau génie

Fit naître sans effort, et qu'un portrait flatteur

Vient montrer le poéte à l'avide lecteur.

Au jour de mon trépas une pauvre élégie

Sera l'échange sûr de mon apologie;

Quand de la sombre loi j'aurai subi le sort,

Peut-être lira-t-on sur ma croix : *Il est mort!*

Dans le cœur d'un ami mon souvenir peut vivre

Mais le temps détruira cet ami, puis mon livre

Ne pouvant se soustraire à la commune loi,

Dans le fond du cercueil périra près de moi.

Oh! périr, insensé, je crois que je blasphème,

Et lance vers le ciel un terrible anathème

L'esprit vient tout de Dieu, lui seul en est l'auteur;

L'homme, de ses beautés sublime traducteur,

Ne saurait démentir cette vérité sainte,

Car l'inspiration si noble, si succinte,

Qui, comme un souffle pur venant de cet esprit,

Prouve encor que c'est Dieu qui dicte cet écrit.

Invisible moteur de nos grandes pensées,

Pardonnez un instant mes plaintes insensées;

Oh! laissez-moi mon luth, mon présent le plus

[beau,

Que vous fîtes un jour à mon pauvre berceau.

Comme le frêle oiseau caché sous le feuillage,

De mes joyeux accords je vous ferai l'hommage;

Là, selon le penser du poète nîmois,

Celui qui m'a créé reconnaîtra ma voix.

Lyre, connais aussi ma fausse apostasie,

Viens, viens rassassier ma soif de poésie ;

Nous fîmes, tu le sais, aux yeux de l'Eternel,

Une union sacrée, un pacte solennel.

Je veux que sous mes doigts tes destins s'accom-

[plissent ;

Que de louer le ciel tes doux sons ne finissent,

Et que tes humbles chants, en syllabes de feu,

Disent en se perdant dans les airs : *Gloire à Dieu !*

DEUX TOMBEAUX

AUX GRANDS.

·§⟨◎⟩§·

A l'abri des cyprès, au champ des sépultures,
S'élève un mausolée aux magiques sculptures ;
Le marbre, le granit, les attributs de deuil,
D'un défunt opulent illustrent la mémoire ;
Tout révèle aux passants sa fastueuse gloire ;
Mais, nul ne vient prier autour de son cercueil !

3

Tandis qu'à son côté, près d'une croix modeste,
Un enfant à genoux, les yeux baignés de pleurs,
Elève ses regards vers la voûte céleste,
Et pour sa mère prie en lui tressant des fleurs.

A ce contraste affreux que je ne puis comprendre,
Quand l'inégalité règne au fond du tombeau ;
Pour me tirer d'erreur, raison daigne m'apprendre
De ces deux monuments lequel est le plus beau.

. . . .

Et l'ange de la mort, cette ombre toute sainte,
Ayant compris mes vœux, par ma timide voix,
Elle apparut soudain dans la lugubre enceinte,
Et me dit en secret : *Poète, c'est la croix !*

MON ANGE GARDIEN.

A Jean Reboul, de Nîmes.

Quand, sous de faux attraits, les vices de ce monde
Entourent les humains comme une mappemonde;
Quand le plaisir trompeur, à sa flatteuse loi,
A tenté vainement de pouvoir me soumettre,
Que je serais heureux si je pouvais connaître
L'ange ou le séraphin qui veille ainsi sur moi.

Il s'est passé des jours que, séduit par ce vice,
Je touchais de mon pied les bords du précipice;
Mais je compris bientôt, par le plus vif émoi,
Qu'un changement subit en mon âme allait naître;
Que je serais heureux si je pouvais connaître
L'ange ou le séraphin qui veille ainsi sur moi.

Content je lui dirais: viens, viens près de ma couche
Me donner chaque soir un souris de ta bouche;
Viens retremper mon cœur dans les eaux de la foi;
Aussi blanc que le lait viens me faire renaître;
Que je serais heureux si je pouvais connaître
L'ange ou le séraphin qui veille ainsi sur moi.

Mon âme aurait alors le sublime avantage
De contempler au moins son radieux visage.
Si le jour son aspect à mes yeux se tient coi,
Qu'en songe, quelque nuit, il daigne m'apparaître!

Que je serais heureux si je pouvais connaître
L'ange ou le séraphin qui veille ainsi sur moi.

Lorsqu'on n'entend partout que paroles lubriques,
Que profanes discours, que chansons impudiques,
Moi je prélude alors au chant du divin roi,
Ce cantique du ciel, qui sait plaire à mon maître!
Que je serais heureux, si je pouvais connaître
L'ange ou le séraphin qui veille ainsi sur moi.

Quand je vois, de Toulon, le bagne (asile sombre)
Où gisent sous les fers des criminels sans nombre;
Là, saisi de terreur et tressaillant d'effroi,
Aussitôt je m'écrie, en songeant à mon être,
Que je serais heureux si je pouvais connaître
L'ange ou le séraphin qui veille ainsi sur moi!

Seigneur, puisque tu mets à sa garde docile

Un cœur tel que le mien, une âme aussi fragile ;

Quand, près de mon trépas, sonnera le beffroi ;

Quand l'airain tintera ma fatale agonie,

Fais que cet ange saint, comme une ombre bénie,

Au chevet de mon lit veille encore sur moi !

AUX MANES D'UN TENDRE AMI.

ÉLÉGIE.

Couvre-toi d'un crêpe, ô ma lyre,
En ce funeste jour de deuil,
La douleur, l'ennui le délire
T'appellent autour d'un cercueil.

De tes accords suspends les charmes;
J'ai besoin de verser des larmes;
A ce tribut je suis soumis;
Je cours dans le lieu solitaire
Tracer sur un marbre angulaire :
Ci-gît le meilleur des amis.

Ah! puisqu'on descend dans la tombe
Pour ne jamais plus voir le jour,
Que je t'offre, pour hécatombe,
Un souvenir de mon amour,
Jules, je te dois cet hommage;
Les vertus étaient ton partage,
Et moi, maintenant les regrets
Vont peser sur mon existence,
A moins qu'un jour ta souvenance
Ne s'effaçât du cœur!.... jamais.

Ouragan, quand ta mâle rage
Se déchaînera dans les airs,

Quand, sur nos mers, plus d'un naufrage

Peindra la rigueur des hivers,

De cet asile solitaire,

Epargne au moins, dans ta colère,

Le cyprès qui croît aujourd'hui;

Fais plutôt que la voix des saules

Dise ces touchantes paroles :

Passants, passants, priez pour lui !

LE CHARDONNERET ET LE HIBOU.

APOLOGUE.

Un vieux chardonneret depuis longtemps en cage,
Fier de son vêtement et de son doux ramage,
Disait, un certain jour, au nocturne hibou :
Vous auriez bien raison d'accuser la nature,

Car, pour soustraire aux yeux votre laide figure,

Vous demeurez caché sans cesse dans un trou.

Tout le monde vous fuit, chacun cherche à m'en-

[tendre,

Votre chant fait pitié, mon ramage est si tendre

Que j'en reçois pour prix toujours quelque cadeau;

De graines, chaque jour, ma mangeoire est remplie;

Du petit réservoir où je puise mon eau

La conque n'est jamais tarie.

Mes maîtres m'ont promis que pour hommage

[encor,

Quand la parque fatale aura borné ma vie,

Mon existence ainsi ne sera point finie,

Empaillé je serai vivant après ma mort.

Un tel honneur, je pense, à droit, peut vous con-

[fondre!

Oh! vraiment, dit l'oiseau, je ne sais que répondre,

Et ne puis là-dessus hasarder un seul mot......

Là, du chardonneret, le maître avec sa fille

Arrivent en parlant d'un tombeau de famille
Qu'on élève pour eux à cent pas du château.
Le plus beau, disent-ils, de toute la sculpture,
C'est ce hibou perché sur notre sépulture,
Que l'artiste a si bien formé sous le ciseau ;
C'est vraiment pour les morts que Dieu fit cet
[oiseau ;
Son plumage, son chant, tout marque la tristesse ;
N'en doutons nullement, le ciel le fit exprès.
Il n'avait pas besoin de voix enchanteresse
      Cet hôte intime des cyprès.
Notre chardonneret, confus de ce langage,
Suspendit, d'un seul trait, son orgueilleux ramage,
Et le hibou, peu fier de ces flatteurs propos,
Ne cessa d'habiter la cité des tombeaux.

L'un, pour plaire aux vivants, fait ouïr son ramage,
      L'autre, au lieu de ces vains accords,
Médite incessamment et pleure sur les morts ;
      Lequel des deux est le plus sage ?

A LA MÉMOIRE DE M. MARTEL,

Chef de comptabilité

des travaux hydrauliques du port de Toulon.

In memoriâ eternâ erit justus.

Oui Martel, c'est pour toi qu'on a chanté la messe ;
Du haut des cieux ton âme en a compris l'accord :
Du fond de ton cercueil, du sein de l'ombre épaisse,
Ta cendre a tressailli d'une lugubre ivresse
Au sombre coup d'archet qui célébrait ta mort !

Ton cœur sut mériter ces hommages célèbres.
Sous l'habile doigter l'instrument a gémi;
De ce sombre concert les nuances funèbres
Electrisaient les sens, comme un bruit des ténèbres,
Car la voûte du temple, elle-même, a frémi !

Je crois entendre encor ces notes douloureuses,
Qui formaient, par leurs sons, des soupirs de
[pleureuses,
Ces motifs languissants, ces lugubres accords,
Dont on ne peut ouïr la savante harmonie
Sans croire que l'auteur et son pieux génie,
Ont eu des entretiens secrets avec les morts.

Que pouvait-on t'offrir d'admirable et de digne,
De plus religieux, sinon cette œuvre insigne,
Sinon ce choix sacré d'un généreux ami,
Ce *requiem* vanté du fameux Chérubini !

Auquel, pour t'honorer, l'archet de Paganini
N'eût point été de trop à ce concours béni.

Du chant religieux enthousiaste intime,
Dieu sait récompenser ton dévoûment sublime;
Tu contemples aux cieux les chœurs de séraphins;
Tu t'enivres là-haut d'une sainte harmonie.
Sont-ce tes qualités, est-ce ton doux génie
Qui t'ont fait prendre place aux étages divins?

J'aime à me rappeler ce triste anniversaire,
Jour du vendredi saint, autour du sanctuaire,
Quand tu nous fis chanter, les douleurs de Sion,
Le *Stabat Mater* saint, œuvre de Pergolèse,
Où, plein d'art et d'esprit, le bémol et le dièse
Révélaient, à nos cœurs, du Christ la passion.

Avant que, sous mes doigts, mon luth se désac-
[corde,

Que quelques sons encor s'échappent de sa corde.
Je dois, en terminant, dire aussi que Toulon
A dû s'énorgeuillir de l'œuvre grandiose,
Dont on peut justement en appliquer la cause
A la mort de Martel, au zèle de Gallon.

Oui Martel, c'est pour toi qu'on a chanté la messe;
Du haut des cieux ton âme en a compris l'accord;
Du fond de ton cercueil, du sein de l'ombre épaisse,
Ta cendre a tressailli d'une lugubre ivresse
Au sombre coup d'archet qui célébrait ta mort!

M⋅ Martel, François Xavier, chef de comptabilité de la marine, en retraite, doyen des amateurs de musique de la ville de
Toulon, jouissait de la plus haute estime. La vive sympathie
que cet homme, distingué par ses qualités morales et par ses
talents, inspirait à toutes les personnes qui l'avaient connu,
déterminèrent les amateurs et les artistes à honorer sa mémoire
par une solennité musicale, qui eut lieu le 12 mai 1843 dans
l'église majeure. La messe de requiem de Chérubini, exécutée
par *deux cents musiciens*, dirigés par M. Guiol, chef d'or-

chestre, avec un talent remarquable, produisit l'effet le plus imposant. L'auditoire, composé de l'élite de la société toulonnaise, fut vivement impressionné par la belle exécution du chef-d'œuvre d'un grand maître, qui faisait résonner, pour la première fois, les voûtes de notre cathédrale. Cette cérémonie religieuse a laissé, dans l'esprit des personnes qui y ont assisté, un souvenir que le temps ne saurait détruire, souvenir bien cher pour ceux qui ont connu et aimé l'honorable amateur, qui fut toujours le soutien des artistes malheureux.

LES CLOCHES DU SOIR.

Quand des cloches du soir les gammes argentines
Portent leurs longs accords aux sommets des col-
[lines ;
Quand mille échos divers se mêlent à ce chœur,
Et que tout à-la-fois le continent et l'onde,
Se couvrent du manteau qui dérobe le monde,
Le ciel parle à mon cœur.

Quand, des cloches du soir, au sein de ma retraite,

Le marteau sombre et lourd frappe l'heure et
[répète;

Quand de ma lampe alors s'éclipse la lueur,

Et me montre l'effet d'une pâle lumière

Qui permet tout au plus de faire une prière,

Le ciel parle à mon cœur.

Quand, des cloches du soir, les ailes ténébreuses

Font arriver aux cieux des plaintes douloureuses,

Afin de protéger le chrétien qui se meurt,

Ou quand je vois marcher, vers l'alcove rustique,

Un ministre de Dieu portant le viatique,

Le ciel parle à mon cœur.

Quand, des cloches du soir, les vents poussent
[dans l'ombre

Le tintement obscur, les syllabes sans nombre;

Lorsque, du rituel, l'hymne de la douleur

S'échappe par soupir sur la modeste bière
Du pauvre trépassé qu'on porte au cimetière,
        Le ciel parle à mon cœur.

Quand les cloches du soir, vibrant avec ivresse,
Font retentir les airs d'un concert d'allégresse;
Quand le genêt, partout, exhale son odeur,
Et que, d'un pas pieux, mille jeunes vestales
Marchent en voiles blancs, en robes virginales,
        Le ciel parle à mon cœur.

Quand des cloches du soir la salve radieuse
Appelle le chrétien à l'oraison pieuse;
Quand, sur l'autel, descend la bonté du Seigneur,
Qu'un chant harmonieux retentit sous la voûte
Et charme, agenouillé, le peuple qui l'écoute,
        Le ciel parle à mon cœur.

Mais quand viendra le jour de triste souvenance
Où les cloches du soir garderont le silence,

N'éprouverais-je plus ce radieux bonheur ?
Non, ces claviers d'airain vibrant à mon oreille
Devenaieut pour mon âme une heureuse merveille,
Un charme inoui pour mon cœur.

CORRUPTION.

—

Le sage crie en vain, au jour de décadence :
Qu'est devenu ce temps de paix et d'innocence
Où les peuples, encore en leurs grossiers berceaux,
Comme de nouveau-nés se jouaient dans les langes,
Que l'Eternel, pour fils, ne comptait que des anges;
  Où sont passés ces temps si beaux ?

4

Ils ont fui pour toujours, dit une voix divine,

Tout a participé longtemps à sa ruine ;

L'ouragan vicieux, en ses mâles efforts,

Eut bientôt renversé ce monument auguste ;

Tout a senti le choc, et le chêne et l'arbuste

Se sont inclinés sur les bords.

Tout roule maintenant dans une vile fange.

Le voile virginal, la tunique de l'ange,

Redoutent, chaque jour, d'altérer leur blancheur.

De la corruption si rien ne rompt la marche,

(Comme il fit pour Noé) Dieu peut construire
[une arche

Pour y préserver la pudeur.

Malgré les cris du ciel et du christianisme,

Une secte, déjà, qu'on appelle égoïsme,

Exerçant sa manie aux champs, à la cité,

Cherche à se procurer de nombreux prosélites,

Même par ce concours de phrases hypocrites :
    D'amour et de fraternité.

L'or peut tout ici bas, sa puissance domine,
Et semble avoir reçu de la fatale mine
L'illégitime droit d'insulter au malheur ;
A son haut privilége on ne peut faire outrage ;
Il croit unir encor ce magique apanage
    Qu'on appelle l'honneur !

Et l'indigence alors, hideuse et rejetée
De la société, fille prostituée,
Dont les pas chancelants vont fouler les sillons
Pour cacher un aspect révoltant et immonde.
Riche, tel est ton sort, la probité t'inonde,
    Le mépris s'attache aux haillons.

Dans la société, plus de bonnes franchises,

Partout vient retentir le cri des cours d'assises ;
Les juges sont lassés de feuilleter les lois.
Du repaire du mal tout prend l'ignoble route ;
La fraude, l'assassin, le vol, la banqueroute
    Viennent se montrer à la fois.

Pour être convaincu des longs progrès du vice,
Jetons encor les yeux sur l'humaine justice :
Nos villes ont compté de nombreux échafauds
Dans nos trois arsenaux écoutez, de la chaîne,
Ce fatal cliquetis, quand l'argousin ramène
    Les forçats du bagne aux travaux.

Et puis, l'Hypocrisie à la robe trompeuse,
Pour la religion engeance dangereuse,
Au cœur envenimé, plein d'astuce et d'aigreur,
Qui, sous les faux dehors d'une sainteté pure,
Afin de mieux tromper la faible créature,
    Voudrait tromper le créateur.

Mais, avant de finir, étendons nos barrières,
Embrassons d'un coup d'œil ce siècle des lumières
Où l'on voit en plein jour la prostitution,
La débauche, le jeu, l'ivresse, le scandale,
Insulter, outrager la timide vestale
    Sur les degrés de sa maison.

Pour corrompre les mœurs chacun marque son zèle;
L'accord est unanime ; on voit la demoiselle,
En habit chamarré, pour se montrer au bal
Afin d'accumuler ainsi vice sur vice,
Préférer aux beaux jours d'un pieux exercice
    Les viles nuits d'un carnaval.

Je ne crois point encor tomber dans le délire
Quand la corde d'airain de mon luth ose dire :
Qu'il faut faire aux vertus un éternel adieu,
Qu'il faut franchir les monts, habiter les monta-
                 [gnes,

Agrandir les prisons, multiplier les bagnes,
Et fermer les temples de Dieu.

De ces iniquités que je viens de dépeindre,
Et de celles encor que nous avons à craindre,
Pour que sur vous, Seigneur, n'en tombe plus
[l'affront,
Pour qu'on ne puisse plus tromper la confiance,
Faites que d'une honnête et pure conscience
La marque se révèle au front.

BEAU TRAIT D'UN POÈTE.

A MADAME DURAND.

(Les vers marqués par des guillemets sont de Millevoye.)

Oh ! depuis que je lis les vers de Millevoye,
Qu'un hazard bienheureux et fortuné m'envoie,
Combien la poésie a de charmes pour moi.
Oui, j'ignorais encore où jusques sa puissance
Allait, mais Millevoye en vit la conséquence.

Lecteurs, à ce récit veuillez ajouter foi.
Ma muse plus longtemps ne peut rester muette
Sur l'admirable trait de ce digne poète.

Sur la tombe d'un fils sincèrement aimé,
Depuis plus de six mois, d'un courage animé,
Allait, chaque matin, la plus tendre des mères,
Etouffant ses sanglots en ses douleurs amères;
Ne pouvant en ces lieux éprouver le bonheur
D'épandre sur son fils cette douce eau du cœur,
Qui, seule, aurait d'abord dissipé l'agonie
Qui consumait ses jours; livrée à l'insomnie,
Sa force, à chaque instant, paraissait s'affaiblir;
Hippocrate et son art ne pouvaient la guérir.
Et c'est en conservant cette douleur muette
Qu'elle exposait ses jours, lorsqu'un jeune poète,
Rencontrant, par hazard, sur un étroit chemin,
Une dame tenant un livre dans sa main,
Voilant d'un crêpe noir les traits de son visage,

Et lisant à demi l'intéressante page,

Sans doute d'un auteur illustre et respecté,

Que le poète seul n'eût certes point douté.

L'aspect mystérieux que montrait cette dame,

Du poète aussitôt vient préoccuper l'âme;

Et, plus jaloux encor de percer ce secret,

Il suivit tous ses pas, bien qu'il fût indiscret.

Du curieux bientôt la surprise première

Fut de se voir au sein d'un humble cimetière,

Où la dame déjà dans ce lieu respecté,

Sur un humble cercueil son regard est porté;

S'agenouillant, et là, dans un long intervalle,

Baisant et rebaisant la pierre sépulcrale

Qui cachait dans son sein des restes bien chéris,

C'était, n'en doutons point, la tombe de son fils.

Et, quand elle eut rempli sa mission pieuse

Quitté, mais pour un jour, l'enceinte douloureuse,

L'observateur zélé, toujours persévérant,

De se rendre au cercueil ne tarda qu'un instant.

4.

Quelle surprise encore, dans ce lieu funéraire,

De lire, en approchant, sur un marbre angulaire,

Les mots qu'avait écrit la défaillante main

D'une mère, sans doute : *à demain*, *à demain*,

Répète-t-il encor le sage Millevoye,

A demain, à demain, oh! que le ciel m'envoie

Quelqu'un pour m'éclairer..... Hélas dans ces deux

[mots

Quelle énigme j'y vois, non, jamais les tombeaux

En longs détails n'ont su me dire tant de choses ;

Mais quoi, personne ici qui puisse, sur ces causes,

Me satisfaire un peu pour que, dès aujourd'hui,

Je puisse... Un bon vieillard alors venant à lui,

(C'était le fossoyeur) les désirs du poète

Furent tous accomplis. En secret interprête,

Dit-il, je veux sauver les jours infortunés

De celle à qui des soins, trop vainement donnés,

N'ont rien pu faire encor ; mais dans cette œuvre,

[dis-je,

Vénérable vieillard, si votre cœur m'oblige,

Et que nous agissions de concert en ceci,

Des nobles cœurs un jour nous crieront : merci !

Sur ce seuil vous n'aurez que la peine de mettre

Des billets que ma main daignera vous remettre ;

Accomplissant ainsi ce projet généreux,

Nous aurons le bonheur de faire des heureux.

Le lendemain matin la douloureuse mère

Reprend la route encor à son âme si chère,

Pour arriver au lieu où, depuis des longs mois,

Pour s'y rendre elle brave et la pluie et les froids,

Et sur ce tertre encor elle fait sa prière ;

Puis, voulant le baiser, son œil voit sur la pierre

Une lettre, un papier plié soigneusement ;

De la prendre elle n'ose... elle hésite un moment

Plus rassurée, enfin, la saisit et puis l'ouvre,

Et voici, dans huit vers, le sens qu'elle y découvre :

« Sous ce gazon, sous cette pierre,

» Où, chaque jour, tu viens t'asseoir,

» J'entends tes soupirs, la prière;

» Mais, hélas! je ne puis te voir...

» Ah! si bravant la douleur ou te plonge

» Cette mort qui m'arrache à tes bras caressants,

» Tu goûtais du sommeil les charmes bienfaisants,

» Au même instant je t'apparais en songe. »

Quelle plume admirable, et quel sensible esprit,

Ont pu, sur ton sépulcre, enfanter cet écrit?

Alfred, ô fils chéri, réponds, quel interprète

A, de ton cœur d'enfant su la route secrète?

Poète bienfaisant qui m'avez, à la fois,

Révélé de mon fils le langage et la voix,

Montrez-vous dans ces lieux, éclairez ce mystère;

En vain parlait ainsi la douloureuse mère;

Mais qui promet déjà de suivre les avis

Du poète obligeant qui fait parler son fils.

Oui, ces vers si touchants, si doux, si pleins de
[grâces,

Versèrent dans son cœur des baumes efficaces,

Et ses esprits, calmés par un aveu pareil,

Goûtèrent le repos d'un paisible sommeil,

Et, pendant ce sommeil (faveur mystérieuse)

Elle voit de son fils la face radieuse,

Elle le presse encor sur son cœur agité ;

Du rêve elle croit être à la réalité,

Là, de l'entretenir elle goûte l'ivresse ;

Un prodige éclatant a percé l'ombre épaisse

Qui le tenait caché dans le fond du tombeau,

Pour le rendre à ses yeux plus brillant et plus beau;

Et réparant ainsi ses forces affaiblies

L'auteur en est instruit; les douceurs inouïes

Qu'a procuré déjà ce sommeil assez long;

Puis le bonheur sans prix d'une apparition,

Du poète enhardit la muse bienfaisante,

Et de sa lyre encor la corde vigilante,

Une seconde fois, sur le même cercueil,

Fait entendre ce chant, ou mieux l'hymne de deuil,

Que la dame, un matin, plus calme et moins
[rêveuse,

Et fidèle toujours à sa tâche pieuse,

Sur la pierre ne put, en trouvant ces accords,

S'empêcher de crier : O doux chantre des morts,

De grâce mets ton seing aux vers irrésistibles,

Si dignes de toucher les cœurs les moins sensibles;

Que je rende à ton nom des tributs, des honneurs;

Mais tu te caches; va, tels sont les nobles cœurs.

Je vais donc lire encor, voilés par l'anonyme,

Des accents échappés d'une bouche sublime.

« Lorsque tu traças de ta main

» Ces mots si touchants : A demain !...

» Tu me promis, ma tendre mère,

» De venir ici chaque jour,

» De déposer sur cette pierre

» Un souvenir de ton amour;

» Mais, tu ne promis point de devancer l'aurore

» Et de te priver du repos,

» Qui, seul, peut adoucir tes maux,

» Et le chagrin qui te dévore.

» Conserve tes jours pour ton fils,

» Ranime ton courage et reprends tes esprits!

» Si bientôt ta force succombe

» Aux poids affreux de tes douleurs,

» Qui donc, après toi, sur ma tombe,

» Dis-moi, viendra jeter des fleurs? »

Dans ces deux derniers vers, quelle touchante
[plainte,
Quelle douce leçon, quelle morale sainte,
Pour la mère affligée à qui ces doux accents
Ont soulagé le cœur et ranimé les sens.
Elle semble échapper à sa douleur muette
Et bénir mille fois la plume du poète
Qui sut tracer si bien, par son rare savoir,

Ce besoin d'exister, qui devient un devoir.

Mille réflexions surgissent dans son âme;

Elle semble avoir bu l'efficace dictame

Qui rend soudainement le calme à son esprit,

Depuis qu'elle a trouvé ce généreux écrit;

Sa poitrine est bien moins souffrante et oppressée;

Elle garde toujours présent à sa pensée

Ces deux vers si naïfs, si chers à son amour,

Qu'elle dit et répète à chaque instant du jour :

     » Qui donc, après toi, sur ma tombe,

     » Dis-moi, viendra jeter des fleurs? »

Bon, se dit Millevoye, étonné du prodige

Qu'ont opéré des vers que son talent dirige,

Mon travail, je le vois, ne sera point sans prix,

Mon salaire est d'abord de l'avoir entrepris;

Il me reste pourtant, avec les mêmes charmes,

A tirer de ses yeux quelques pleurs, quelques

                         [larmes ;

Son cœur en a besoin, il n'est que ce secours

Pour adoucir sa vie et prolonger ses jours;

Mais, pour y parvenir, ô muse que j'encense,

Qu'une troisième fois ta divine influence

Prête à mes vains efforts son généreux concours;

Afin d'atteindre au but sans crainte, sans détours,

Qu'ici, sous ta dictée, une aussi belle tâche

S'accomplisse d'un trait, sans la moindre relâche...

— L'inspiration vient, et de sa plume encor,

Surgit ce peu de mots sublimes, au style d'or :

   « Ces fleurs qui parent mon tombeau

» Ont perdu, comme toi, leur fraîcheur et leurs
[charmes;

» Veux-tu les voir reprendre un éclat tout nouveau?

» Ah! daigne quelquefois les mouiller de tes lar-
[mes. »

Quand ce dernier billet, remède salutaire,

S'offrit, le lendemain, aux yeux de cette mère,

Que de biens opérés; à ses âpres douleurs

Succède, à l'instant même, un long torrent de
[pleurs.

Elle ne peut au ciel adresser sa prière,

Les larmes, les sanglots ruissellent sur la pierre;

C'est la première fois qu'en sa sombre oraison

Elle arrose de pleurs le tertre et le gazon.

A l'angelus du soir, à la cloche plaintive,

Elle ne put soumettre une oreille attentive.

Au déclin du soleil il fallut l'avertir

Qu'on fermait le lieu saint, qu'elle en devait sortir.

Ce cœur tant oppressé, ce corps plein d'insomnie,

Qui traînaient depuis lors d'affreuses agonies,

Ne furent plus, hélas! la ruche des tourments;

Elle dissipa tout dans ses épanchements.

Elle prit tout-à-coup son rayonnant visage;

Sa langueur disparut, et ce nouveau courage

L'eut bientôt ramenée à la douce gaîté,

Et rendue encor chère à la société.

Ayant gratifié son modeste émissaire,

L'auteur des trois billets ne songeait qu'à se taire;

Il redouta longtemps d'approcher de ces lieux,

Crainte de dévoiler son trait mystérieux;

Mais vainement, un jour le poète sublime,

Ne put à ces beaux vers conserver l'anonyme;

Car, en lui saisissant un petit manuscrit

Que, depuis peu de temps, sa plume avait écrit,

Et dont il en faisait la secrète lecture,

Pouvant, par ce moyen confronter l'écriture,

La dame tire alors les billets de son sein,

Les lui montre; surpris, le nouveau médecin

Ne sait plus qu'avouer son œuvre bienfaisante.

Tombant à ses genoux, la mère suppliante,

Le presse de la suivre alors sur le tombeau,

D'où son fils bénira ce dévoûment trop beau.

Je ne sais peindre ici l'affection, la joie,

Qu'elle eût à témoigner au sage Millevoye.

Oui, le sublime auteur de l'amour maternel,

Fut pour ce cœur souffrant l'ange envoyé du ciel.

A vous qu'un souvenir sans cesse vous rappelle
D'aller pleurer au pied d'une modeste croix,
Puissiez-vous d'une fille entendre ainsi la voix,
Afin de soulager votre douleur mortelle.
Mais un échange heureux calme un peu ce tour-
[ment
De la nuit du tombeau (nuit qui sera la nôtre)
Palmyre a le bonheur de comprendre la vôtre,
Par vos vers qui toujours parent son monument.
Que votre plume, hélas, ne soit jamais lassée;
Qu'à ce vœu votre amour tente à persévérer,
Car c'est rendre au Seigneur la céleste pensée
Qu'il sut vous inspirer.

Madame, pour ces vers qu'ici je vous présente,
En omettant tous ceux marqués de guillemets,
Vous serez, je le crois, pleinement indulgente;
Ce n'est qu'à ce prix seul que je vous les soumets.

STANCES A M. PÉLABON.

Quand les sons argentins de ta lyre touchante
Vinrent frapper mon cœur et captiver mes sens,
Quand sa corde vibra sur mon âme souffrante,
Pélabon, je devais répondre à tes accents.

Mon retard ne fut point mépris, indifférence ;
Ta muse tendre et pure, au langage si doux,
A, de mes souvenirs, adouci la souffrance.
Tes chants parlent au cœur, ils sont aimés de tous.

Promenant, sur le soir, ma rêveuse tristesse,
J'aime à tourner mes pas vers le champ des dou-
[leurs ;
Là, méditant tes vers, les relisant sans cesse,
J'éprouve quelque bien à répandre des pleurs.

De la tombe des miens m'arrachant la dernière,
Je ne saurais franchir de l'enceinte le seuil,
Sans porter mon tribut d'hommage et de prière
Sur le tertre qui fait ta tristesse et ton deuil.

Je n'ai pu d'un œil sec, à genoux sur la terre,
Répéter le quatrain, plein de grâce et d'amour,

Que te dicta ton cœur en faveur de ta mère ;
Elle saura d'en-haut te bénir en retour.

Madame Durand.

LA JEUNE MALADE.

Maman, n'entends-tu pas du sein de la vallée
　　Murmurer l'aquilon du Nord?
Pour ta pauvre Fanny, c'est un hymne de mort!
Le moment est marqué, prie et sois consolée.
De nos hauts peupliers la feuille qui s'enfuit
En roulant sur le sol toute sèche et jaunie,

Semble me révéler, par son doucereux bruit,

    Le terme de mon agonie.

Maman retiens tes pleurs, le chêne ainsi que moi,

Se trouve dépouillé de sa noble parure ;

Quand l'un perd son carmin, l'autre perd sa ver-

                 [dure ;

Fut-il pour tous les deux une plus dure loi ?

Lorsque j'allais m'asseoir sous son épais feuillage,

Afin que la beauté, l'éclat de mon visage,

Ne fussent point brunis par les feux du soleil.

Oui, là tu tressaillais de plaisir, d'allégresse...

Maintenant, quel contraste, en proie à la tristesse,

D'un funèbre convoi tu prévois l'appareil.

Il me semble te voir sur ma pierre angulaire,

Pleine de ta douleur, soulevant mon suaire,

    Voulant parler à ta Fany ;

Ou, calmant par les pleurs ta secrète souffrance,

Alternativement répondre à mon silence

    Par un soupir tendre et béni.

Ah! de te dire adieu je me sens toute prête,

Approche-toi du lit, tiens, pose mieux ma tête

    Sur le mol oreiller.

Cette position soulage ma poitrine;

Laisse moi, car le vent, ce bruit de la colline,

    M'invite à sommeiller.

Le pampre a disparu, l'arbre n'a que sa branche,

C'est un signe fatal! vite ma robe blanche,

    Vite ma couronne de fleurs;

Commandez au sonneur de la vieille chapelle

D'instruire le hameau de la triste nouvelle;

    Brûlez un cierge, je me meurs!...

VINCENT DE PAUL.

Hommage à M. Marin, aumônier du bagne de Toulon.

Chantre mystérieux quand, par un beau délire,
Tes doigts viennent toucher les cordes de ta lyre,
Quand du vallon sacré ton âme a pris le vol,
Daigne faire surgir de ta muse chrétienne
Un chant religieux, une modeste antienne
    En l'honneur de Vincent de Paul

Ne crains point que ta voix fausse ou qu'elle dé-
                                        (tonne;

L'hymne inspiré du ciel n'est jamais monotone,
Que ta veine s'épuise en beaux vers, et ton chant
Sera prédestiné lorsqu'à chaque césure
Ton art y placera, sans rompre la mesure,
    Le nom tant aimé de Vincent.

 Vincent, l'ami du pauvre, ah! voilà tous ses titres;
Poète, accorde lui de touchantes épîtres.
L'église de Clichy répète encor le vœu
Que sa voix prononçait dans sa modeste chaire,
Ce vœu d'humanité, ce sentiment de père :
    Je suis pour le pauvre et pour Dieu!

C'est en vain que mon luth cherche à lui rendre
                                        (hommage,

Oui, rien qu'en contemplant sa radieuse image
Mon âme, éprise alors de sensibilité,

M'entraîne jusqu'aux pleurs, et ma voix ne peut
(dire

Tous les pensers secrets que ce prêtre m'inspire
Près des filles de charité

Auxquelles il remet l'innocente victime
Que l'esprit erronné nomme l'enfant du crime.
Oh! qu'il est admirable étreignant dans ses bras
L'ange qui grelottait au détour d'une rue,
Et dont la pitié seule, avide, est accourue
Pour le préserver du trépas.

Emules du grand saint, humbles religieuses,
Vous qui, pour mieux montrer vos âmes géné-
(reuses,

Visitez, chaque jour, le banc des galériens;
Vous avez retenu, magnanimes compagnes,
Que votre fondateur fut l'aumônier des bagnes,
Et qu'il y fit beaucoup de bien.

Vous apprîtes aussi que ce prêtre d'élite,
Dont l'église toujours vantera le mérite,
Prit l'habit de forçat et sa chaîne d'airain,
Sans souiller sa vertu. Ce ne fut point le crime
Qui le vêtit ainsi, non, mais l'amour intime,
  La charité pour son prochain.

Et maintenant partout, dans notre belle France
Sont inscrits de Vincent les traits de bienfaisance·
Voyez, dans chaque lieu, surgir ces hôpitaux
Où l'enfant délaissé, que l'infortune accable,
Trouve une bonne sœur, à l'âme charitable,
  Qui vient soulager tous ses maux.

C'est dans un même lieu, maison religieuse
Que j'ai vu célébrer la fête radieuse
De saint Vincent de Paul, où chaque spectateur,
Répandit en secret des généreuses larmes
Au discours familier, si beau, si plein de charmes,
  D'un aumônier prédicateur.

O Vincent, pardonnez à mon pauvre génie,

D'oser ici de vous retracer l'effigie ;

Mon modeste clavier, tout inondé de pleurs,

Sous un grossier doigter ne vibre qu'avec peine;

Heureux si toutefois mon œuvre n'est pas vaine,

Et si mes chants touchent les cœurs.

A Mgr. L'ÉVÊQUE DAMATA,

SUR SON DÉPART POUR LES ILES MARQUISES.

Apôtre de Jésus, dont la foi vive et sainte
Te fait franchir les mers sans murmure et sans
[plainte;
Echo flexible et doux des échos de Sion,
Qui retentit partout jusqu'aux antres sauvages,
Et qui propage ainsi les célestes usages
    A la lointaine région.

Ambassadeur du christ dont la sainte parole
Sait évangéliser et l'un et l'autre pôle ;
Des préceptes divins zélé prédicateur,
Disciple du Seigneur, moderne Chrysostôme,
Qui hazardes tes jours afin de sortir l'homme
D'une innocente et longue erreur.

Pour répandre la foi dans les îles Marquises,
Bientôt sur l'Océan les maritimes brises
Daigneront protéger nos fragiles vaisseaux ;
S'il le faut, pour remplir ta mission sublime,
Tu braveras l'écueil du plus profond abîme,
Et tous les caprices des eaux.

Plein d'un amour divin, nul genre de tempête
Ne saura sur les flots épouvanter ta tête ;
La Providence après doit te rendre certain
Sa protectrice voix, commandant la manœuvre,
Fera de ta frégate une agile couleuvre,
Qui serpente au pays lointain.

Ainsi que Maximin, Lazare, Madeleine,

Aventuré, jeté sur la mouvante plaine,

Dieu seul saura te faire aborder en bon port;

Et, pour mieux rendre hommage à ton auguste
[titre,

Les vagues salueront et ta crosse et ta mître,

En s'inclinant avec transport.

La nuit en pleine mer une boule argentine,

Un phare radieux dont la clarté chemine,

Secondera l'effort du prudent timonier;

Son reflet bienfaisant éclairant la boussole,

Heureux te mènera jusqu'au-delà du pôle,

Comme un autre François Xavier.

Mais avant tu verras cette fête magique

Que le marin célèbre en passant le tropique;

Tu goûteras assez ce divertissement,

Cette vieille coutume au singulier système,

Où chacun doit encor recevoir le baptême,
    S'il ne fait un déboursement.

Et pendant tous ces jeux, toi debout sur l'arrière,
Tu n'interdiras point ta puissante prière ;
Là, toujours recueilli, modeste, humilié,
Dieu saura te doter de sa miséricorde ;
Salaire large et saint que sa justice accorde
    A l'homme privilégié

Je borne ici mes chants, car le matelot crie
Sur le quai de Toulon : Embarque l'*Uranie* !
On vire au cabestan, l'ancre a laissé le fond,
Les marins sur les mâts, alignés près des toiles,
N'attendent que ces mots : Enfants, larguez les
                               [voiles,
    Du départ tirez le canon.

UNE PROCESSION CHEZ LES MALADES.

AUX ADMINISTRATEURS DE L'HOSPICE CIVIL DE TOULON.

Est-ce en vain, Fête-Dieu, que mes esprits, sen-
(sibles
A ta solennité, voudraient en sons flexibles
Exiger de ma lyre encore quelques chants ?

Si mes premiers efforts ne t'ont point épuisée,

Si ta corde n'est pas complètement usée,

　Laisse donc échapper quelques versets touchants

Quand j'implore de toi ce dernier sacrifice,

Ne me rebute pas, tu sais, dans notre hospice,

Si j'aime à m'y trouver au matin solennel :

D'un sentiment secret mon âme est toute éprise,

Quand le *Pange lingua*, cet hymne de l'église,

Retentit de la voûte au marbre de l'autel.

Peins-moi ces reposoirs où brillaient mille cierges

Autels improvisés par ces timides vierges,

Ces filles de Monfort que nous appelons Sœurs!

Rappelle-moi leurs mains répandant sur la place

La feuille de genêt lorsque le Seigneur passe,

Afin de l'inonder et d'encens et de fleurs.

Rappelle-moi toujours cette émotion sainte,
Lorsque dévotement serpentant dans l'enceinte
Où l'amour du prochain a placé l'indigent;
Et que là le malade, au milieu de ces charmes,
Répandant de plaisir et de pleurs et de larmes,
Accueillait en secret ce concours bienfaisant.

Privés de la santé, couchés dans cet asile,
Ils ne pouvaient jouir, au sein de leur famille,
Du radieux tableau d'une procession.
Mais de jeunes beautés, en robes virginales,
N'ont pas craint sur deux rangs de marcher dans
(les salles,
Chantant toutes en cœur un beau *lauda sion*.

Indigents, qui de vous redirait le contraire
Que dans vos cœurs coulait un beaume salutaire,
En voyant l'infirmier et l'administrateur,

A l'exemple touchant de la vierge timide,
Placés tout près du dais, la foi seule pour guide,
Suivant avec respect la marche du Seigneur.

A l'aspect ravissant de ce pieux cortége,
Ivre d'un saint transport, muse comment pour-
(rais-je
Ne point t'entretenir, par un beau sentiment,
Au ciel tu fis un jour cette ardente promesse,
De ne psalmodier que ce qui l'intéresse,
Ainsi, garde-toi bien de violer ce serment.

Tu peux donc à présent, en l'ardeur qui te reste,
Chanter, chanter aussi cette fille céleste,
Ce zélé pourvoyeur de l'hospitalité,
Dont l'infirme indigent, que l'infortune accable,
Reçoit chaque moment de sa main secourable,
Quelque bienfait nouveau d'amour, d'humanité.

Vous, administrateurs prudents dépositaires,
De tant de malheureux soyez toujours les pères;
Soyez de la cité les membres protecteurs :
Tout dévoûment sacré n'est point sans récompense.
Faites par vos bons soins qu'au sein de l'indigence,
L'orphelin trouve encor une mère en des sœurs.

A LA VIERGE.

A vos pieds prosterné, plein d'un pieux délire,
Reine de l'univers je me présente à vous :
Accueillez s'il vous plaît, en l'ardeur qui m'ins-
(pire,
Ces généreux accords échappés de ma lyre,
Ce fruit de mes travaux, mes pensers les plus
(doux.

Depuis plus de mille ans le monde est sous votre
(aîle,

Chacun trouve un abri sous votre manteau bleu ;

Répondez à mon cœur, vierge toujours nouvelle,

Ne suis-je pas compté parmi la clientelle

Que votre amour défend au tribunal de Dieu ?

N'êtes-vous pas toujours cette même avocate

Que le pécheur implore au moment du trépas.

A ce nom protecteur, qui distingue et qui flatte,

A cette expression si tendre et délicate,

Pour la mère de Dieu, qui ne vous connaît pas ?

De l'enfant au berceau vous êtes la nourrice,

Des timides oiseaux le nid conservateur ;

Aux mortels d'ici-bas votre image est propice,

Pour leur montrer du doigt l'effrayant précipice,

Afin d'en éviter l'immense profondeur.

Vous êtes de la mer la précieuse étoile,
Vous veillez sur l'esquif du débile nocher ;
De la plus sombre nuit vous dissipez le voile,
De la barque en danger vous soutenez la voile,
Et reculez du bord tout périlleux rocher.

Que je voudrais pouvoir, en l'hymne que j'en-
(tonne,
Célébrer tous les noms que l'église vous donne ;
Quand même au *la* sacré j'accorderais ma voix,
Quand mes chants s'uniraient aux doux concerts
(des anges,
Je ne vous offrirais que de faibles louanges,
Au lieu du pur encens qu'à vos titres je dois.

Recevez tous mes vœux, vierge pure et parfaite ;
Que le cercle de feu qui luit sur votre tête
Illumine mon cœur et dessille mes yeux.

Pour inscrire mes chants aux célestes annales,
Attachez à mon luth deux ailes virginales,
Afin qu'il vole haut, près de vous dans les cieux.

LE PRISONNIER.

C'en est donc fait pour moi! Dans ce repaire
[sombre,
Vil asile habité par le silence et l'ombre,
Je finirai bientôt mes jours et mon malheur.
Je m'interroge en vain sur mon injuste peine,
L'ignoble cliquetis d'une fatale chaîne
    Répond à ma douleur.

Quand sur le monde entier l'astre étincelle et
[brille,
Une éternelle nuit règne autour de ma grille,
Je ne puis distinguer à peine mes verroux.
Pourquoi ce châtiment? Etais-je donc à craindre?
Hélas! si je l'étais, suis-je au moins tant à plaindre
Que le Tasse parmi les fous!

Sophistes captieux dont l'étrange colère
Décerne à mes travaux un semblable salaire,
Vous qui comptant déjà sur des efforts méchants,
Afin d'anéantir mon nom et ma mémoire,
Allez, détrompez-vous, votre indigne victoire
Ne fera qu'augmenter la gloire de mes chants.

Par la main du bourreau faites brûler mon livre,
Qu'à ce supplice encor votre fureur le livre.
Quand le bûcher aura dévoré mes accens,
Vous ne songerez pas que d'autres destinées

Les feront jusqu'au ciel remonter en fumée
Comme un beau nuage d'encens.

Le scandale, l'horreur n'ont point sali ma plume.
En des temps moins ingrats mon modeste volume,
En racontant tout haut sa condamnation,
Prouvera sans rougir que le chantre sublime
Est souvent accusé d'avoir tenté le crime
Pour prix d'une belle action.

Venez, venez oiseaux en cette dernière heure,
Visiter un instant le poète qui pleure;
Pour laisser de mon sort un touchant souvenir,
Permettez cette fois à ma main criminelle,
Sans pitié d'arracher une plume à votre aile,
Pour écrire avant de mourir!

Avant qu'un peuple roi, comme en un jour de fête,
Se presse dans Paris pour voir tomber ma tête;

Avant que le chariot, à l'aspect sombre et lourd,
Que l'on devrait couvrir d'un long drap mortuaire,
Me recueille en son sein pour marcher au calvaire,
Comme le Christ marchait un jour.

On dresse l'échafaud !.. le verroux seul résonne !...
Devant cet appareil le plus juste frïssonne !...
La prière !... à genoux !.. tout marche vers ce lieu.
Oui la prière, alors qu'elle est si bienfaisante
Qu'elle guérit le cœur et rend l'âme contente,
Oui, contente à l'instant qu'elle va trouver Dieu !

MON FILS.

Ce fut d'un mois d'avril, la première journée,
Jour qui peut être encor d'heureuse destinée,
Que j'entendis chez moi pousser les premiers cris
Du plus charmant enfant au radieux visage,
A qui mon cœur rendait un paternel hommage,
   En l'appelant mon fils.

A peine il eut ouvert ses yeux à la lumière,
Que, de tous mes amis, le vœu sage et sincère
Vint se manifester dans mon humble logis.
» — Que ses jours soient suivis d'une allégresse
[extrême,
» Que le ciel le protége et que la vierge l'aime,
» Comme elle aimait son fils! »

Quel retour plus joyeux, quelle fête plus belle
Que ce retour béni de la sainte chapelle,
Dont les fonts baptismaux, aux radieux lambris,
Versèrent sur son front l'élément salutaire,
Afin d'anéantir le crime originaire
Qui pesait sur mon fils.

A ces naïfs récits n'y trouvez rien d'étranges;
Oui, pendant que sa mère appropriait ses langes
Moi, près de son berceau, modestement assis,

Provoquant son sommeil par des strophes latines,
Ajoutant, quand ses pleurs accompagnaient mes
[hymnes :
Dors, dors bien, dors mon fils.

Dors, car tu ne sais pas, aux portes de la vie,
A quel triste festin le monde te convie ;
Peut-être des revers te sont déjà promis ;
Profite donc alors de tes jeunes années.
Je compte, en te berçant, tes heures fortunées,
Mais trop courtes, mon fils !

Pourquoi d'un vain espoir se réjouir d'avance,
Sans songer que la mort, en son adolescence,
Peut seule l'enlever avec rage et mépris ;
Et, plongé dans l'excès d'un douloureux délire,
Rechercher son cercueil pour y pleurer, écrire :
Passants, ci-gît mon fils !...

Et lorsque dans vingt ans les listes de la gloire
Recueilleront encor les fils de la victoire,
Sais-je si le boulet des canons ennemis,
Si le sabre insolent, les balles africaines,
Vomissant le trépas dans leurs immenses plaines,
Respecteront mon fils?

Le prudent nautonnier, observant le parage,
A su, plus d'une fois, se soustraire au naufrage;
Mais l'enfant vertueux, l'homme sage et soumis,
Dupe de ses bontés et de ses bienfaisances,
Souvent il ne s'acquiert que des mépris immenses;
Dieu, veillez sur mon fils.

Nourrissez-le, Seigneur, de votre foi chrétienne,
Que l'église toujours l'éclaire et le soutienne:
Qu'il tente, pour son Dieu, des efforts inouïs;
Qu'il aime son prochain, qu'il soit bon, charitable;

A cette marque alors, à ce point admirable,
　　Je connaîtrai mon fils.

D'autres distinctions, le talent, le génie,
Les beautés de l'esprit, l'influence bénie,
Moins heureux qu'un bon sens, furent de mon
　　　　　　　　　　　　　　　　　[avis ;
C'est en réalisant ce don chéri que j'aime,
C'est en le lui léguant, oui, qu'un autre moi-même
　　　Sera dans tout mon fils.

LA CLOCHE DE NOTRE HOSPICE.

AUX FILLES DE LA SAGESSE.

D'où vient, cloche de notre hospice,
Que ton tintement tout pieux
Semble aujourd'hui, pour ton office,
Créer des sons mélodieux ?
Ton bruit argentin, plus sonore,
Semble nous prévenir encore

D'une heureuse solennité;
Ne me laisse plus dans le doute,
Dis-moi ce mystère; j'écoute...
Comble ma curiosité.

— Je sais pourtant faire comprendre,
Par ma noble vibration,
Cette fête du huit décembre,
Ce jour de la Conception,
Que les Filles de la Sagesse,
Ivres d'une sainte allégresse,
Célèbrent avec tant d'amour.
Ah! que chacun y participe,
Car un religieux principe,
Doit faire chérir ce beau jour.

Vieil indigent, jeune orpheline,
Venez fêter vos chères sœurs;

Qu'ici, d'amour, tout s'illumine,
Que vos mains leur offrent des fleurs.
Accueillez ces anniversaires,
Jours saints, patronals de vos mères;
Unissez-vous avec transport
A ces âmes religieuses,
A ces filles si vertueuses
Du révérend père Montfort.

Vous, à qui ce beau jour sait plaire,
Qui désirez tant à le voir,
Je vous ai dit tout mon mystère,
Laissez-moi tinter jusqu'au soir;
Laissez retentir dans les nues,
Les sons, les gammes éperdues
De ce prélude radieux
Que la brise de la montagne,
De son souffle pur accompagne
Jusques aux régions des cieux.

A MADAME R***.

Assis, triste et pensif, dans ma pauvre retraite,
Je méditais un jour sur le sort du poète;
Combien je regrettais le pénible labeur,
Qui n'a que trop souvent, pour toute récompense,
Qu'un mépris révoltant, puis cette indifférence
        Qui déchire le cœur.

Et là, je me disais : telle est ma destinée,

A quel affront pourtant ton âme est condamnée

D'un infâme délit tu t'es rendu fautif,

Si tes alexandrins n'ont rien de beau, de riche,

Si tu ne remplis pas, avec art, l'émistiche,

      Tu dois marcher furtif.

Furtif je marche, hélas ! mais près de vous, ma-
                         [dame,

Je lève un peu mon front, je ranime mon âme.

L'indulgence, chez vous, possède un libre accès;

Quoique je ne sois pas un de ces grands génies,

Oui, sous vos yeux, toujours mes faibles poésies

      Comptent d'heureux succès.

Pardonnez cependant à ma gloire secrète

D'avoir examiné d'un regard de poète

Les sublimes bontés qui ceignent votre cœur;

Si mes chants attendris ont pour vous quelques
[charmes,
S'ils savent de vos yeux faire jaillir des larmes,
C'est mon plus bel honneur.

Je ne maudirai plus alors ma frénésie;
L'ange mystérieux, né de la poésie,
D'une main bienfaisante accueillera mes chants
Pour les inscrire tous aux célestes archives;
Il comprendra d'en haut mes stances plaintives
Et mes hymnes touchants.

Ainsi, je remplirai ma mission pénible,
Vers l'Océan d'azur, sur ce monde invisible
J'élèverai souvent mes regards d'à genoux,
Et, dans l'extase alors, au sein d'un beau délire,
Mes doigts feront vibrer, des cordes de ma lyre,
Des sons dignes de vous.

L'HIRONDELLE ET LE CHRIST.

Une hirondelle printanière
Cherchait, pour construire son nid,
Une fenêtre hospitalière,
Un toit protecteur et béni,
Parcourait les airs et l'espace ;
Mais, de voler déjà bien lasse,

Elle se pose sur un bois,
Bois précieux, dont la structure
Lui fut d'un excellent augure;
Du Calvaire c'était la croix !

Le Christ, à son pieux approche,
L'accueillant d'un œil paternel,
Lui fit ce généreux reproche :
« Quand tu cherches, oiseau du ciel,
» Au bas de la voûte azurée,
» Une retraite humble, assurée,
» Pour couvrir ta timidité,
» Pourquoi ne pas chercher l'ombrage,
» La branche courbe et le feuillage
» De l'arbre de l'humanité.

» Près de ma couronne d'épine,
» Ah ! viens bâtir ton logement,

» En recueillant à la colline

» Le brin de paille et le ciment ;

» Apporte sur ton bec fragile,

» Avec soin, le morceau d'argile,

» Dispose tes secrets outils,

» Achève ta maison de fange ;

» Puis à la garde du bon ange

» Je confierai tes petits.

» Avec moi tu seras heureuse,

» Tu ne verras point le méchant

» Lancer sa pierre dangereuse,

» Pour détruire ton logement ;

» Au lieu de ce fatal outrage,

» Nous partagerons l'humble hommage

» Que l'on vient me rendre en ce lieu.

» Oh ! toujours, ma pauvre petite,

» Bâtis ton nid, creuse ton gîte,

» Sur la croix même du bon Dieu. »

Et l'obéissante hirondelle,
A ce tendre avis du Seigneur,
De plaisir secoua son aile
Et tressaillit d'un saint bonheur.
Depuis, sur la couronne auguste,
Qui ceint le front de l'homme juste,
L'oiseau se plaît à se poser ;
Alors perché sur cette branche,
Il prodigue à l'épine blanche,
De son amour le doux baiser.

A MON AMI MAUREL ,

Étudiant à l'école normale d'Aix.

———

Maurel , je suis charmé qu'un enfant du Parnasse
Parmi vos professeurs aujourd'hui soit compris ;
A cet heureux hazard ton cœur ajoute un prix ;
Le poète , déjà , dans ton âme a pris place ;
Ta missive en témoigne un généreux plaisir.
Va , chérir le talent c'est en avoir soi-même ;

Ne te plains point du ciel, l'intelligence t'aime ;
Au temple des progrès nous te verrons venir.
Adieu, ménage-toi ; j'achève ainsi ma lettre ;
Avant de la signer je dois pourtant y mettre
Quelques mots seulement pour ce bon professeur ;
D'y manquer ce serait une funeste erreur.
Alexandre tu peux, sans hésiter de crainte,
Lui témoigner pour moi l'amitié la plus sainte ,
Et de ma muse, enfin, l'assurer aujourd'hui,
Toute l'affection qu'elle ressent pour lui.

A M. PÉLABON.

———————

Tandis que m'ennivrant de tes flots d'harmonie,
A relire tes vers je mettais mon bonheur;
Ta muse, que protége un bienheureux génie,
Gracieuse beauté que le ciel a bénie,
De plaisir et d'amour a fait battre mon cœur.

Sa voix, divin clavier qui donne le délire,
M'a, dans ces jours d'ennui, quand rien ne paraît
[bon,
Par ses accords touchants fait rêver et sourire;
Alors, las d'être seul bien souvent j'osais dire:
Oh! mon dieu, pour ami donnez-moi Pélabon!

Oui, c'est que dans tes vers, enfant de la nature,
Ton être se reflette et me laisse entrevoir
Un cœur de vrai poète, une âme franche et pure,
Comme dans le lac bleu le ruisseau qui murmure,
Le soleil d'un beau jour, les feux mourants du soir.

Et tu viens me jurer une amitié de frère;
Tu viens tendre la main à moi qui ne suis rien;
A moi que le malheur, le chagrin, la misère,
Ont pris bien jeune encor dans les bras de ma
[mère,
A moi qui n'ai qu'un luth et mon cœur pour tout
[bien.

Oh! va, je la reçois ton amitié, poète,

Et je viens te jurer d'être à toi pour toujours.

Si par hazard les vents, la foudre, la tempête,

Obscurcissent mon ciel et grondent sur ma tête,

Je ne me plaindrai plus, j'ai connu les beaux

[jours.

MAILLET,

Maître d'étude à l'école normale d'Aix.

C
Q:
Pu

RÉPONSE A M. MAILLET.

C'est sous le nom d'ami, c'est sous cet heureux
[titre
Que je prétends, Maillet, répondre à ton épitre;
Puis-je dire autrement quand ton cœur tendre et
[bon,

Ivre de sympathie, a su, dans une stance,
Faire entendre ces cris, si pleins de confiance :
Oh! mon dieu, pour ami donnez-moi Pélabon!

Ce nom, tant obscurci que ta corde flexible,
A soupiré tout haut comme un refrain sensible :
Méritait-il, hélas! cet accueil solennel!
Eh bien, puisqu'aujourd'hui l'amitié la plus sainte
Vient se manifester sans détours et sans feinte,
Je ne me plaindrai plus ni de Dieu ni du ciel.

Si mon faible talent, si mon peu de génie,
Ont accueilli les mots de ta bouche bénie;
Si ton modeste encens m'a su faire du bien,
S'il fume encore pour moi, s'il répand son essence
Sur le sublime autel de la reconnaissance,
Souffre aussi que pour toi je brûle tout le mien.

Souffre que je te dise, en fidéle interprète :
Bien plus que Pélabon Dieu t'a créé poète ;
Autant que lui ton âme a connu les revers.
Pour t'apprendre d'abord mon obscure existence,
J'ai su rimer un jour mes souvenirs d'enfance,
Comme un avant-propos à mon recueil de vers.

D'un bienheureux destin, l'impérieux délire
A su, dans ton berceau, déposer une lire,
Dont la corde flexible, en exhalant ses chants,
Sut soumettre à sa loi des âmes attentives.
Et ses sons douleureux, ses cadences plaintives,
En éterniseront les souvenirs touchants.

AUX MANES DE MA MÈRE.

—◦◦◦—

Pour plaindre l'orphelin, pour consoler l'amante,
Pauvre et modeste luth, hélas! combien de fois,
Au jour du désespoir, à l'heure déchirante,
Ta corde douloureuse a vibré sous mes doigt.

Mon cœur ne fut point sourd à la douleur com-
[mune;
D'un parent affligé j'ai su plaindre le deuil,
Et chanté bien souvent un hymne d'infortune
En faveur du défunt qui gisait au cercueil.

Eh bien, dans le cercueil ma mère est descendue,
Vainement sur sa mort la plainte est répandue,
J'ai vainement partout révélé ma douleur,
Quand parmi tant d'amis se rencontre un poëte :
Sa voix ne daigne point, en ce jour de défaite,
M'adresser quelques chants pour soulager mon
[cœur.

Merci, merci toujours de cette indifférence,
De ce mépris secret, de ce fâcheux silence,
Si je suis ton ami, pourquoi dédaignes-tu
Le noble sentiment que je t'ai fait connaître?

N'étant rien pour ton cœur, pourquoi fais-tu pa-
[raître
Cet amour fraternel, Précieuse vertu!

O ma mère, pardon de l'étrange délire
Qui vient aigrir le son des cordes de ma lire.
A cette juste humeur accorde donc un prix;
Ce n'est point, tu le sais, une insulte à ta cendre;
C'est ton affront vengé. Qui donc, pour te dé-
[fendre,
Se mettrait en courroux, si ce n'était ton fils?

Si ce n'était celui qui, dans ton agonie,
Partageait tes douleurs, accablé d'insomnie;
Si ce n'était celui qui lit le Rituel,
Afin d'en recueillir le précieux dictame,
La pieuse oraison, seul remède de l'âme,
Qui peut lui mériter un bonheur éternel.

Ombre chère à mon cœur, crois-moi, je t'en sup-

[plie ;

La tâche de ton fils n'est pas encor remplie ;

Ces vers que mon amour a tracés sur un bois,

Qui montrent, par leurs sons, une maxime sainte,

Me verront quelquefois dans la lugubre enceinte

Les yeux baignés de pleurs et fixés sur la croix.

Car, dans le champ des morts, à l'ombre de ses

[arbres,

J'aime à lire des noms burinés sur les marbres ;

Ici gît un vieillard, deux époux regrettés,

Là d'une vierge encor je retrouve les restes,

Plus loin je vois du temps les ravages funestes

Empreints sur les débris des tombeaux sculptés.

Fantôme précieux, dont l'éloquent silence

Parlerait à mon cœur avec tant de puissance,

Sors de ton froid cercueil.... apparais en ce lieu,
Tandis qu'au ciel, pour toi, j'adresse ma prière...
Mais je t'appelle en vain, pauvre et sensible mère,
L'ombre du corps s'enfuit quand l'âme est avec

[Dieu !

ENFANT TROUVE.

AUX SŒURS DE CHARITÉ.

Quinze hivers m'ont instruite, ah! je sais mes
[destins,
Les ans ont éclairci mes doutes incertains;
Nulle femme ici-bas ne s'est dite ma mère!...

Je suis fille inconnue, expression amère

Qui semble mériter, de la société,

Une honte, un mépris, une animosité.

Quel crime ai-je commis, de quel délit infâme

La nature et ses mœurs accuseraient mon âme?

Innocente victime, ah! je sais le pourquoi!

.... C'est la faute d'autrui qui retombe sur moi!

Quand je bénis du ciel l'immense providence,

Je songe à vous, mes sœurs, soutiens de mon en-

[fance,

A vous de qui les soins ont, dans l'humble maison,

Secouru ma faiblesse, éclairé ma raison.

Oui vous avez cent fois de vos lèvres divines

Corrigé mes défauts, mes fautes enfantines,

Et m'avez enseigné, par le geste et la voix,

A répéter souvent le signe de la croix,

A bénir le Seigneur en fermant ma paupière,

A faire, à mon réveil, ma naïve prière

A la reine des cieux, implorer son secours,

Et puis à pardonner aux auteurs de mes jours ;
Ceux qui, pour se soustraire à la honte du crime,
Ont préféré vouer l'innocente victime
Aux cruelles douleurs d'un destin trop fatal
En la jetant de nuit au *tour* d'un hôpital.
Semblable, en ce moment, à la pauvre hirondelle,
L'humanité daigna m'abriter sous son aile.
Les cris que je poussais (prélude du malheur)
D'une mère plus tendre allèrent jusqu'au cœur.
Un ange de la terre à la robe de bure,
Au front religieux, à l'âme blanche et pure,
M'étreignit dans ses bras et me porta soudain
Vers celle qui devait me nourrir de son sein.
C'est donc à votre amour, à la bonté divine,
Que doit rendre un tribut la petite orpheline ;
C'est à vos cœurs pieux, à vos généreux soins,
Oui, quinze ans d'obligeance honorables témoins,
Qui seuls doivent conduire à l'éternelle gloire,
Ont d'un long souvenir occupé ma mémoire.

Je n'ai point ici bas d'autres mères que vous ;

Puis-je vous appeler d'un nom qui soit plus doux ?

Quand, sur mes premiers jours, le malheur vint

[s'abattre,

Que j'eus quitté le sein d'une indigne marâtre,

D'autres soins ne voulant alors me recueillir,

Ce fut votre bonté qui daigna m'accueillir.

Heureuse si je puis, par la reconnaissance,

Gratifier les dons de cette bienfaisance,

Tant d'immenses secours prodigués à mon sort,

Et ceux que vos vertus me promettent encor.

AUX OUVRIERS POÈTES.

Poètes dont les chants doux, naïfs et sublimes,
Rencontrent chaque jour d'approbateurs intimes ;
Vous qui faites surgir de vos alexandrins
Des accords ravissants et des hymnes divins,
Qui révélez au cœur, par de flexibles stances,
De vos frères en Dieu les injustes souffrances,
Trouvez bon que ma muse, en cet heureux mo-
[ment,

Rende un sincère hommage à ce beau dévoûment.

Accueillez, s'il vous plaît, bardes pleins de mérites,

Ce chant que je dédie à vos âmes d'élites;

Puisse un regard propice, un accueil solennel,

L'assimiler au vôtre et le rendre immortel.

Quand la mort, de sa faulx, aura creusé ma tombe,

Viendra-t-on sur le seuil, pour sublime hécatombe,

Psalmodier mes vers, répéter mes accents,

Ou répandre à l'entour un prophétique encens?

Non non, mes chers amis, mes travaux et mes
                                    [veilles,

Comme vous n'ont encor enfanté des merveilles,

Ma voix n'a point crié : « Riches donnez du pain

» Au pauvre qui succombe en vous tendant la
                                    [main;

» Soyez de l'orphelin l'ami par excellence,

» Le père dévoué, pour que son indigence

» Commençant au berceau, comme un terrible
                                    [mal,

» N'aille point avec lui finir à l'hôpital. »

O mes amis, o vous, dont les voix énergiques

Font ouïr chaque jour ces plaintes électriques,

Qui, sans cesse à vos luths, une corde d'airain

Vibre pour consoler ceux qui manquent de pain,

A vous de grands honneurs, à vous des auréoles ;

Que le prix mérité par vos saintes paroles,

Et le gage béni de votre humanité,

Soit la palme héroïque et l'immortalité !

LA HARPE DES CIEUX,

A M. MOQUIN-TANDON,

Professeur à la faculté des sciences de Toulouse.

Voyez, voyez là-bas cet ange aux blanches ailes,
Désertant son séjour (les sphères éternelles);
Il descend sur la terre, on le voit radieux
Quitter en souriant les phalanges des cieux,

Au gré d'un vent mutin flotte sa longue écharpe;
Ses deux petites mains soutiennent une harpe;
Avec cet instrument où se dirige-t-il?.
Il vient de ce côté; que son tout est gentil.

. . . .

Mais il parle au poète, écoutons son langage,
Examinons de près son radieux visage...
Oh! que sa voix docile et sa jeune candeur
Imposent de respect à mon âme, à mon cœur;
Plus curieux encor, je veux suivre son geste
Et recueillir les mots de sa bouche céleste.

L'ANGE.

Barde réjouis-toi, célèbre ton bonheur,
Je suis un chérubin envoyé du Seigneur,
Descendant tout exprès de la cité bénie
Pour rendre à tes vertus, bien plus qu'à ton génie
Des honneurs inouis; la harpe que tu vois

Quitte aujourd'hui les cieux pour vibrer sous tes
[doigts ;

C'est le luth immortel, aux cordes prophétiques,

Qui vibra pour chanter de Sion les cantiques ;

C'est la harpe du roi qui tua Goliath,

Ce luth prédestiné que Dieu lui confia ;

Poëte accepte-la, Jéhovah te la donne,

C'est un premier fleuron pour former ta couronne ;

Si ta foi ne chancelle, et ton chant l'aime encor,

Tu recevras bientôt le diapason d'or.....

Je te laisse, au revoir, crois à cette promesse.

LE POËTE.

O surprise, est-ce à moi que cet ange s'adresse,

Mais non... c'est une erreur, une ombre qui s'en-
[fuit ;

Un effet riche et vain des rêves de la nuit ;

8

Non ce n'est point à moi qu'on porte un tel hom-
[mage,

Tu ne m'as point séduit par ton pieux langage

Enfant, d'illusion, ton généreux discours

Ne remplit pas mon cœur et mon âme en ce jour.

Pour la noble cité repars, je t'en supplie;

Dis à Dieu que trois fois mon cœur l'en remercie,

Que ma voix et mes chants sont trop faibles encor

Pour me gratifier d'un luth aux cordes d'or.

Heureux si toutefois je préserve du blâme

Les pensers de mon cœur et la voix de mon âme,

Ces cantiques d'espoir que j'entonne aujourd'hui,

Qu'en des moments heureux j'ai su créer pour lui;

Et ces présents ne sont que le travail des hommes.

Va, mes hymnes jamais n'égaleront les psaumes

Que pour Dieu, chaque jour, on chante aux
[saints autels,

Sans cesse sur des sons pieux et solennels;

C'est aux auteurs sacrés, c'est à de tels génies

Qu'il devrait accorder des faveurs infinies ;
Mais, moi qui ne sais pas encore le prier,
Au lieu de m'ennoblir il doit m'humilier.

Et, refusant ainsi ce magnifique hommage,
La harpe demeura seule sur le rivage ;
L'ange ne voulut point la rapporter au ciel ;
Tel était son devoir, l'ordre de l'Eternel ;
En vain tout s'éloigna, le barde catholique
Résistant aux avis d'une voix angélique,
De l'instrument sacré n'interdit point l'accord.
Sur le tertre, depuis, son clavier vibre encor ;
La brise en effleurant ses cordes délaissées,
Joyeuse en fait ouïr des notes cadencées.
Un jour peut-être aussi quelque nouveau berger,
Sous ses modestes doigts daignera l'essayer,
Et le ciel qui peut tout le formera poète
Plus grand que ne le fut David le roi prophète !

SUR LA MORT DE L'ÉPOUSE D'UN AMI.

ÉLÉGIE.

Comme un drap virginal aux flancs de la mon-
[tagne,
La neige en longs tapis s'étend sur la campagne,
Un aquilon glacé comme un hymne de deuil
Mugit en soupirant et les cieux en alarme,

Semblent vouloir mêler sa généreuse larme,

Pendant qu'au cimetière on escorte un cercueil. [1]

Assemblage lugubre et froid comme la tombe,

Réponds donc à ma voix? Serait-ce une héca-
[tombe

Consacrée aux vertus?

A l'ordre souverain de celui qui l'appelle,

Descends-tu tout exprès de la sphère éternelle

Pour lui montrer du doigt le séjour des élus?

Hélas! n'en doutons pas, époux, amis sincères,

Répandez de vos yeux quelques larmes amères;

Votre douleur l'exige et le cœur s'y résout;

Refuser ce tribut ce serait être infâme,

Et les pleurs ont d'ailleurs tant de charme pour
[l'âme,

---

[1] Le jour des funérailles de cette malheureuse, la montagne était couverte de neige; un vent glacial sifflait, et il tombait en même temps une petite pluie.

La consolation vient s'y placer au bout.

Souffrez, souffrez encor, famille désolée,

Que mon luth attristé sur l'humble mausolée

Vienne en ce jour de deuil visiter vos douleurs;

Ne m'attribuez point une frivole excuse

D'avoir à ce sujet persécuté ma muse;

     J'ai chanté pour toucher vos cœurs;

J'ai chanté pour l'ami dont l'épouse chérie

Lui cause en son trépas une source infinie

De pleurs, suivie, hélas! d'un regret éternel;

J'ai chanté pour l'enfant qui demande sa mère,

Mais à qui l'on répond, plein d'une larme amère:

     Mon fils, elle est au ciel!..

A MADEMOISELLE ÉMÉLIE REBOUL,

En pension au Sacré-Cœur, à Aix.

꧁◉꧂

Doux souvenir, tendre pensée,
Présentez-vous à mon esprit,
Ma muse trop embarrassée
Vous implore pour cet écrit;
Obligez-là, s'il est possible,

8.

A mon appel soyez sensible,

C'est un désir tout innocent;

Mémoire reste-moi fidèle,

Fais-moi l'aumône de ton zèle,

En m'inspirant des vers dignes de cet enfant.

— Et quel est cet enfant? — la petite Emilie,

Que par son art déjà mon épître humilie;

Tu t'empresses, je crois, de découvrir mon nom?

Va, je ne prétends point par le plus noble rhythme

Etaler à l'esprit les secrets d'une énigme;

Lis mes vers, tu sauras où mes pensers s'en vont.

Au soucieux banquet, qu'on appelle la vie,

A peine d'un lait pur, un blanc sein t'eut nourrie,

Que pour guider encor tes doux pas chancelants,

Ta marraine implora nos secours vigilants;

Je le répète encor, et tout haut, jeune fille :

Trois ans tu mis la joie à notre humble famille;

Amour, fraternité qui sur l'aile du temps

Aviez cru déserter des souvenirs touchants,

Heureux, je vous gardais, et ma jeune mémoire

Ose fidèlement en raconter l'histoire.

Ai-je besoin ici d'esquisser trait pour trait ;

De tes premiers cinq ans tout l'ingénu portrait ?

Toutes les qualités que tu semblais promettre,

Tu les obtiens, alors que je suis heureux d'être

Poète en ce moment, afin de réunir

Les plus beaux sentiments dans ce doux souvenir.

Ne pourrais-je te voir au moment où ta mère,

Rappelle à mon esprit toutes tes qualités,

Mêlant alors ma joie à sa joie éphémère,

De voler jusqu'à toi des désirs sont tentés ;

Ou bien quand le Seigneur de son trône con-
[temple

Tes compagnes et toi cheminant vers le temple

En simples voiles blancs.

Quand la Vierge surtout par vos voix enfantines

Entend du haut des cieux chanter ses plus beaux
[hymnes,
Ne pourrais-je y mêler mes chants ?

Ne pourrais-je te voir quand la messe est finie,
Quand tout a célébré l'office du Seigneur,
Quand tu trempes encor dans la conque bénie,
Tes doigts pour y puiser l'eau du front et du cœur ?
Ou bien quand le soleil vient de remplir sa tâche,
Que des paillettes d'or dans un ciel brun le cache,
Dictant la prière du soir.
Quand toutes à genoux dans la sainte chapelle,
Vous confiez à Dieu votre amour tant fidèle,
Je serais content de te voir.

Voilà mon sentiment, voilà tout mon génie,
Si tu trouves mes vers dépourvus d'harmonie,
Ne dis pas jeune enfant que je ne t'ai gardé

Que les fruits peu requis d'un effort hasardé ;
Accueille-les toujours, que ton expérience
Tant jeune qu'elle soit m'offre son indulgence,
L'indulgence qu'on dit une vertu du cœur ,
Doit scintiller chez toi de toute sa splendeur.

LES PLEURS.

Au banquet douloureux où le sort nous convie,
N'avez-vous point senti quelquefois dans la vie
    Ce besoin de verser des pleurs ?
Vos yeux, vases sacrés, précieuse fontaine,
N'ont-ils point rejailli de cette eau pure et saine,
    Dont la source est au fond des cœurs?

Les pleurs sont provoqués par une juste cause ;
Permettez qu'aujourd'hui ma muse vous expose
    Une femme aux douloureux cris,
Une mère, qui sut en sa douleur immense
Attendrir de ses cris le lion de Florence,
    Qui sous sa dent tenait son fils !

Les pleurs sont éloquents, tout remplis d'harmonie,
C'est un chant généreux que l'époux ou l'amie
    Entend du fond de son cercueil ;
Non, les pleurs ne sont pas une plainte de femme,
C'est l'hymne que la mort fait entonner à l'âme
    Au jour où commence le deuil.

Les pleurs trouvent accès dans le touchant exem-
                         [ple,
L'infortune est son lieu, la charité son temple,
    C'est par l'amour que chacun doit

Accorder en secret quand l'âme est assez bonne,
Des larmes de plaisir au généreux qui donne,
      Ainsi qu'à celui qui reçoit

Les pleurs sont répandus par la sensible amante,
Qui clandestinement soupire et se lamente
      Victime des fausses amours ;
De l'infidélité le penser la dévore,
Elle appelle l'ingrat que son cœur aime encore,
      Et qui s'est enfui pour toujours.

Plus loin c'est un enfant accablé d'infortune,
Psalmodiant en vain des plaintes importunes
      Chez le riche comblé d'honneur ;
Un regard dédaigneux l'écarte de sa porte ;
Mais que fait l'orphelin quand ce refus l'emporte ?
      Il s'éloigne en versant des pleurs !

Si les yeux, comme on dit, sont le miroir de l'âme,
Ah! je dirai combien il est digne de blâme,
Celui qui refuse des pleurs;
Celui qui d'un œil sec contemple l'indigence,
Et dont le cœur blasé, pétri d'indifférence,
N'a ni pitié, ni loi, ni mœurs.

Quand je chante les pleurs, ce n'est point un
[délire
Qui vient secrètement s'emparer de ma lyre;
C'est que le Christ a révélé
Au moment de sa mort en montant au calvaire,
Ces mots dignes de foi, maxime salutaire :
« *Qui pleure sera consolé!*...

. . . .

Pleurons donc avec lui puisqu'il nous y convie,
Si nous n'éprouvons point cette sublime envie
Eveillons un vieux souvenir,

En ce monde d'ingrats il est plus d'une chose
Qui peut nous en donner la légitime cause,
Ou bien pleurons sur l'avenir.

AMOUR DIVIN.

Son amour foule aux pieds les vanités du monde,
Sous le coup du ciseau sa chevelure blonde,
    A flocons d'or vient de tomber ;
Son bras voluptueux, ses contours, sa structure,
Ont dans les larges plis de la robe de bure ,
    Voulu pour toujours se cacher.

A ses joyaux brillants, à son luxe éphémère,
Elle a su préférer les grains d'un long rosaire
    Et la croix qui luit sur son sein ;
Et son soulier brisé, chaussure peu commode,
A su rivaliser par sa pieuse mode
    L'élégance du brodequin.

De ce bon Magistrat, elle n'est plus la fille,
Les noms édifiants de sa noble famille
    N'ont pu jamais l'enorgueillir ;
Sa sainte ambition vient d'en choisir un autre,
Son nom est maintenant celui d'un grand apôtre,
    Ou bien d'un illustre martyr.

Elle a quitté pour Dieu la maison paternelle,
A sa vocation et soumise et fièdle
    Elle demeurera toujours ;
Le vœu qu'a prononcé sa jeune âme avec pompe,

N'est pas ce vain serment qui séduit et qui trompe,
Ni le cri des fausses amours.

Comme on couvre à l'autel la splendeur du ciboire,
Elle couvre aujourd'hui d'une humble cape noire
Son front chaste et religieux,
Une voix sainte a dit : qu'ici-bas chacun sache
Que tout cœur dévoué qui prie et qui se cache,
N'échappe point à l'œil des cieux.

Cédant à cette voix généreuse et fervente,
Du blessé, du fiévreux, elle devient servante,
Son cloître est un vaste hôpital
Où ses soins empressés, sa vertu délicate,
Secondant les efforts des enfants d'Hippocrate,
Arrêtent les progrès du mal.

Dès ses plus jeunes ans, son âme était jalouse

De devenir ainsi de Dieu la chaste épouse

Et la mère de l'orphelin ;

En cet heureux moment son vœu se réalise,

La charité toujours restera sa devise ,

Et la foi son flambeau divin.

A MM. H. BONDILH, A. LACROIX

Pendant qu'ils publient les ouvriers poëtes.

———◦◦◦———

A mes Frères les Voiliers.

A ce panthéon populaire,
Par amour pour son atelier,
Daignez recevoir le Voilier,
Si son chant sait toucher et plaire,
Souvent à défaut de papier,

Le jour en travaillant aux voiles,

De vers je crayonnais les toiles

D'un *Perroquet* ou d'un *Hunier*.

La misaine de l'*Astrolabe*[1]

(Vaisseau de l'illustre marin,)

A vu de mon alexandrin

Jusqu'à la douzième syllabe.

Mais sans doute que l'ouragan,

Pour le faire oublier de suite,

Tout près des bords de Magellan,

L'aura dévoré dans sa fuite.

J'ai souvenance qu'au mois d'août,

En cousant une *Brigantine*,

Là, croyant être en *Palestine*,

Je fis un sonnet sur *Beyrouth*.

Jérusalem, ville illustrée

Par les prodiges du Seigneur,

1 Corvette avec laquelle M. Dumont D'Urville alla plusieurs fois en découverte.

Aurait eu part à cet bonneur,

Si j'eusse connu la contrée.

Dans trente laises de largeur,

Ma plume aurait bien trouvé place

D'écrire les travaux du Tasse,

Ce chantre qui plaît à mon cœur.

Quoique ma muse encore trompée

Par la pluie et par l'aquilon,

Eût vu périr la rime : épée ! [1]

Et tout Godefroy de Bouillon,

Et le nom de Pierre l'Hermite;

Nom fameux que l'histoire cite,

N'eût pas mieux été respecté;

Car lorsque la voix de l'orage,

Siffle et promène son ravage,

Il n'est plus rien de limité.

Et ces illustres personnages,

[1] Ce vers fait allusion à l'épée de Godefroy avec laquelle on reçoit les chevaliers du Saint Sépulcre à Jérusalem.

Lamartine et *Chateaubriand*,
Qui surent en pélerinages
Visiter deux fois l'Orient ;
Ces descriptions si sublimes,
Que j'aurais su broder de rimes,
Seraient maintenant sous les flots
Plus rien de mon faible génie,
Pas même un signe d'harmonie
N'égaierait les matelots.

Désormais, la voile latine,
Jouet de la brise marine,
Déployant son triangle aigu,
N'offrira plus ces larges pages
Aux peuples des lointains rivages,
Car j'ai su restreindre mon but.
Mon petit livre est un navire
Qui, voguant sans voile et sans mât,
Visite un bienheureux climat,

Si toutefois je puis le dire ;

L'espérance est son gouvernail,

Son pilote est la modestie.

Et si je dois des vents redouter la furie,

Je jette l'ancre au fond : jugez de mon travail.

A MON AMI PELABON.

———————

Un jeune creux-cerveau, rimailleur de la balle,
T'engage, m'as-tu dit, pour, dans la Capitale,
Moyennant une charge et quelques vils écus,
Aller chanter l'opprobre et l'orgueil des Crésus;
De là, fouler aux pieds honneur, devoir, ban-
                                    [nière,

Etendard, du bon peuple et de la gent ouvriere,
Sous lesquels tes aïeux et toi jusqu'aujourd'hui
Avez toujours trouvé le plus solide appui?

Je te sais gré, mon cher, d'attendre ma réponse,
Pour, à ce fol projet, établir ta rénonce,
Je ne te dirai point, comme certains auteurs,
Paris est un brillant repaire de voleurs....
Pour t'en faire un portrait succint, mais véritable,
Permets-moi d'employer le crayon de la fable.

En créant ce vaste univers,
Le grand auteur de la nature,
Comprit dans son architecture,
Des milliers de chantres divers
Les champs, les bois, les près, les faîtes
Des monts, des pics et des côteaux,
Les mers, les fleuves, les ruisseaux,
Obtinrent chacun leurs poètes ;
Et jusqu'aux sables des déserts,
Partout ce n'était que concerts.

L'universelle mélodie
Serait encore de nos jours,
Si l'aigle, aidé par des vautours,
D'une témérité hardie,
Ne se fût proclamé le roi
De tous les chantres de la terre.
Juge si l'on fut dans l'effroi !
Du tyran redoutant la serre,
Dans les champs, les bois et les airs,
Plus on n'ouït de grands concerts.

Le premier jour les gros voraces
Fondirent sur les échassiers ;
A tel exemple, les rapaces,
Soit milans, gerfauts, éperviers,
Disséminés sur cette terre,
Du Nord au Sud, d'Est au Couchant,
Firent une cruelle guerre

Aux tendres amateurs du chant:
Plaintes, sanglots, cris de détresse,
Retentirent de tous côtés,
Sans être ouïs d'aucune altesse,
Encor moins d'une majesté.

Redoutant insulte et carnage,
Dindon, canard, géline, paon,
Furent habiter sous l'ombrage
Du grand rocher de leur tyran.
Fiers d'être auprès d'un tel despote,
De vivre dans sa basse-cour,
Point n'ont vu que chacun son tour,
Servait de pature à son hôte.

Quoique cruel et malheureux,
Le sort de ces êtres stupides,
Trouva bon nombre d'envieux

Parmi les sots les plus avides.

Corneilles, dais, hiboux, corbeaux,

Coucous, chats-huants, étourneaux,

Engoulevent, pies, chouettes,

Sans être chantres, ni poètes,

Mais se croyant musiciens;

Voulant partager la curée,

Telle qu'un chasseur donne aux chiens,

Abandonnèrent leur contrée,

Pour aller, de leur rauque voix,

Exalter ministres et rois;

Quoique, dans le fond de leur âme,

Ils n'eussent pour eux que du blâme :

L'avidité de parvenir

Les enhardissait de mentir.

Rossignols, serins et fauvettes,

Chardonnerets, lucres, pinsons,

Et tous les gentils oisillons
Qui, par leurs tendres chansonnettes
Et leurs accords mélodieux,
Charment les mortels et les Dieux;
Loin d'aller vendre leur ramage
Pour un brin d'herbe ou quelques grains
Pris dans l'auget des souverains ,
Ont préféré le vert bocage,
L'air pur, le murmure des eaux,
Et l'ombre fraîche des ruisseaux.
Ici , sans désir, sans contrainte,
Toujours plus contents de leur sort,
N'insultant ni faible ni fort,
Aux leurs ne portant point atteinte ,
Ils chantent gaiement tous les jours,
Leurs libertés et leurs amours.

Ainsi les vrais enfants de la douce harmonie ,
Favorisés d'un don qui ne vient que des cieux,

Ne doivent faire ouïr leur tendre mélodie,

Qu'en chantant les vertus, qu'en exaltant les Dieux.

Ne t'assimile pas à ce chantre vulgaire,

Qui ne monte son luth que pour plaire aux mortels:

La harpe de David fut pour le sanctuaire;

Tu ne dois l'animer qu'aux pieds des saints autels.

E. GARCIN.

ÉPILOGUE.

N'ayant point fait l'apologue,
Pas même le dialogue,
Dois-je, par un épilogue,
Finir comme maints auteurs;
Si c'est là la clé d'un livre,
Avec transport je m'y livre,

Afin que tout me délivre
Des réclames des lecteurs.

Je sais que la voix de l'âme
Paraîtrait digne de blâme,
Si comme un puissant dictame
Ne coulait au font du cœur;
Son caractère angélique
Doit être tout poétique,
Doux, naif, mélancolique,
Et respirer la grandeur.

Ses sons doivent être chastes,
Ses accents purs et sans fastes,
Quand viennent ses jours néfastes,
Que sa voix ne vibre plus...
Oui, l'on doit ouïr encore
Au loin cet écho sonore

Qui descend à chaque aurore
De la cité des élus.

On doit ouïr l'harmonie,
Et gracieuse et bénie,
Qu'un mystérieux génie
Sait répandre dans les airs;
C'est là l'unique merveille,
Solennelle et sans pareille,
Qui sait charmer notre oreille
Par ses radieux concerts.

Je détruis toute espérance,
N'ayant la folle croyance
D'avoir par l'intelligence
Obtenu d'insignes prix.
Mes glapissantes paroles,
Fruit de mes faibles écoles,
N'iront point jusqu'aux deux pôles,
Y promener leurs esprits.

Si c'est une voix d'élite,
Noble et pleine de mérite,
Franchissant toute limite
Qui vient de se faire ouïr.
Seigneur, ce n'est point la mienne,
C'est ton âme aérienne
Qui vient de chanter l'antienne,
Dont l'écho fait tressaillir.

FIN.

TABLE.

FIN DE LA TABLE.

Toulon. — Imp. de F MONGE.

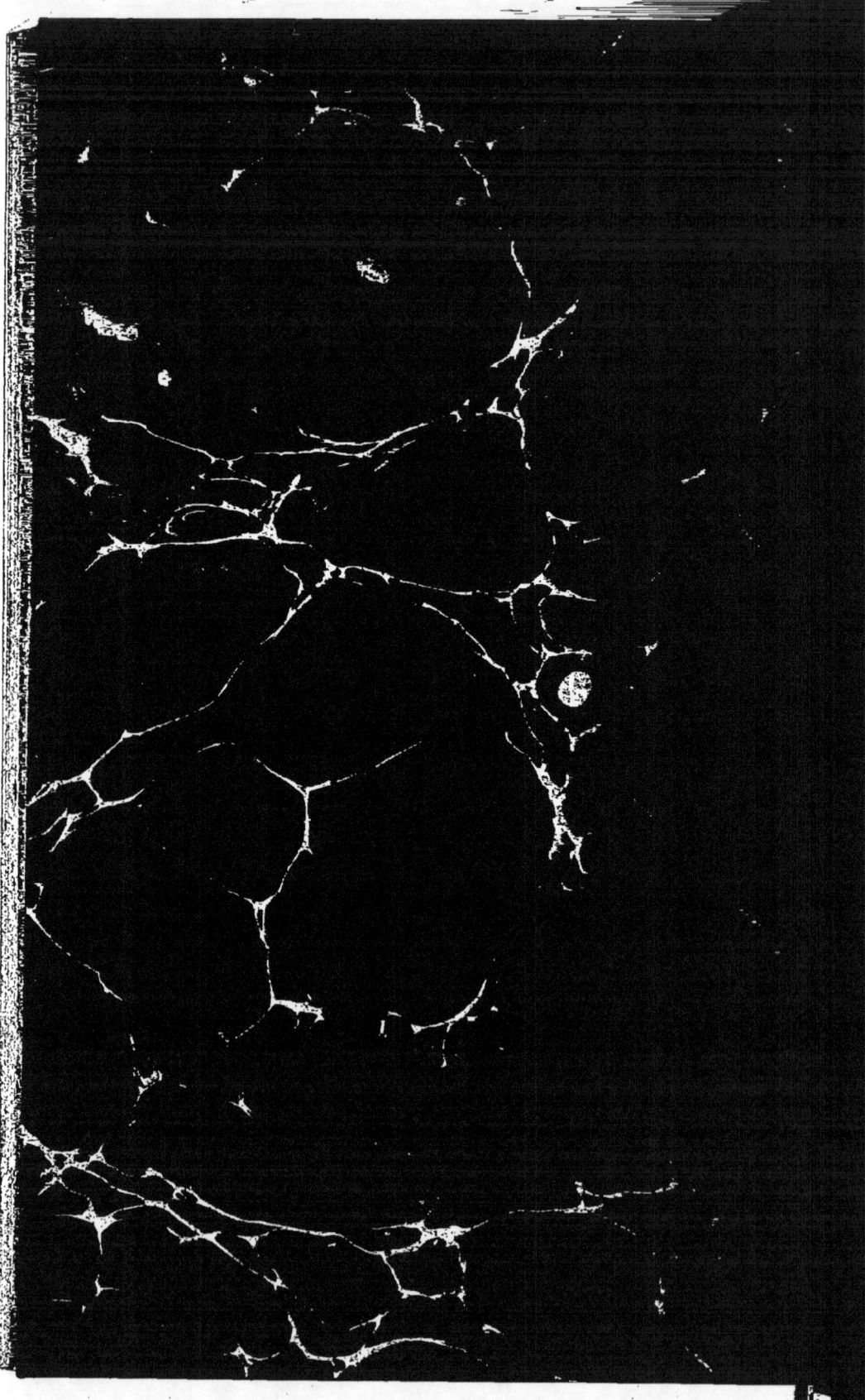

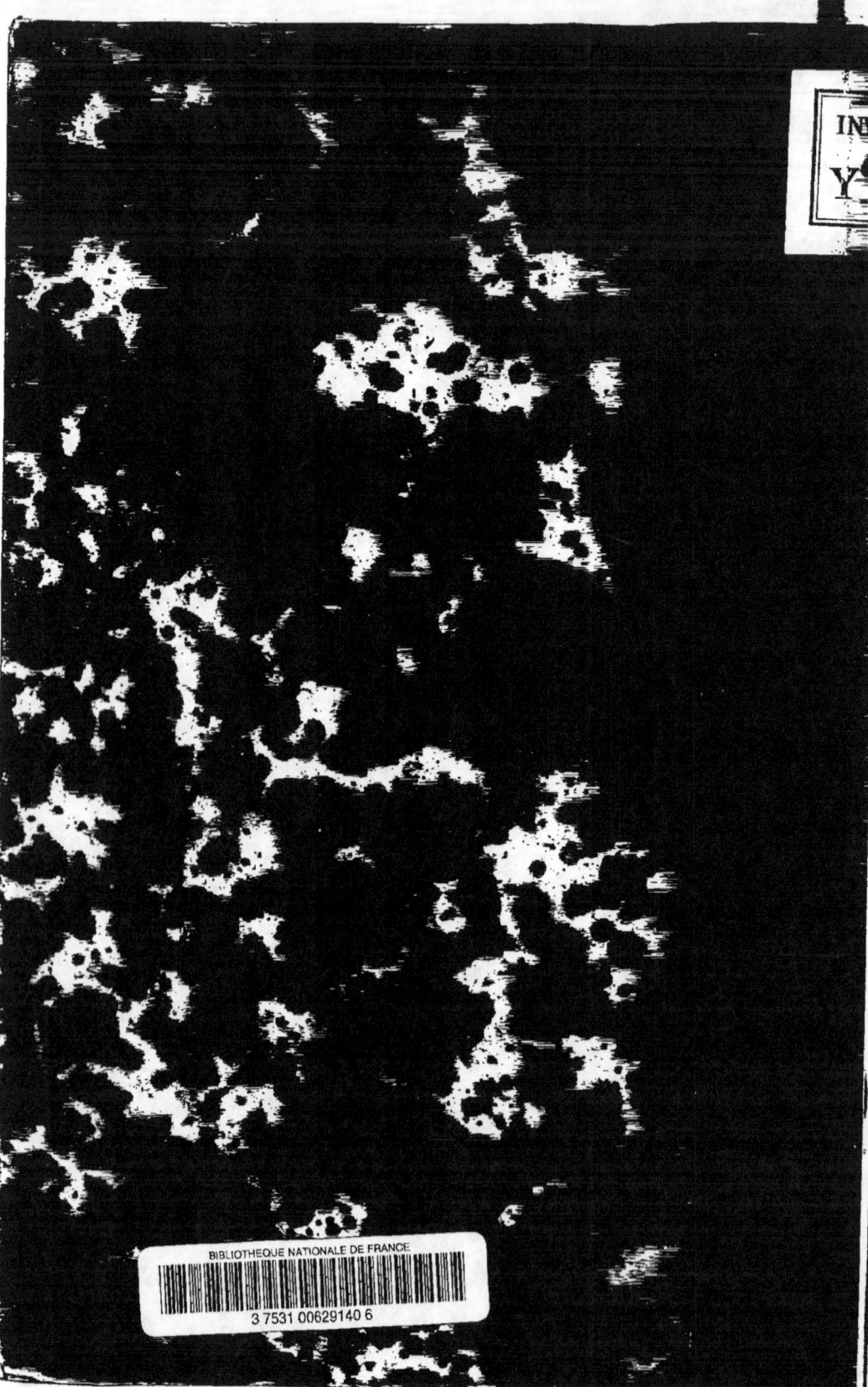